# BERNSTEINTAGE

Maxim Biller

# BERNSTEINTAGE

Sechs neue Geschichten

Kiepenheuer & Witsch

Für Zelda

# Eins

# Bernsteintage

# I

Vor der Abreise nach Luzienbad sah David ein letztes Mal in seinen Rucksack. Das Heft, das Jarka am Tag vorher hineingelegt hatte, war immer noch da. Beim Einschlafen hatte er gehofft, es würde über Nacht einfach verschwinden, und kaum hatte er die Augen geschlossen, träumte er davon. Er sah den dunkelblauen Rucksack mit den gelben Nähten, den er vom Vater bekommen hatte, bevor er nach Westdeutschland gefahren war. Der Rucksack lehnte am Kopfende seines Betts, er war offen, die Schnur gelöst und der Deckel hochgeklappt. Das Heft war weg, und auch alle anderen Dinge, die David für die Reise eingepackt hatte, waren verschwunden. An ihrer Stelle saß in dem Rucksack ein kleiner weißer Hund mit schwarzen Ohren und sah David an. David wußte genau, daß er träumte, und er dachte, er müsse sich nur irgendwie über die Grenze zwischen Schlaf und Wachsein mogeln, um alles, was er im Traum sah, in die Wirklichkeit hinüberzuretten. Also zwang er sich, so langsam wie möglich aufzuwachen, und hielt eine Weile die Augen fest geschlossen, bis sie wie von selbst aufgingen. Er stützte sich auf, rutschte langsam zum Rand des Betts, warf sich dann aber gleich wieder enttäuscht zurück und schlief weiter.

Während Leoš jetzt unten wartete, um ihn zum Bus zu bringen, sah David noch einmal nach. Natürlich befand sich alles an seinem Platz: der Tennisschläger, die Taschenlampe, die Wasserflasche, das gelbe Osterinselbuch von Thor Heyerdahl und auch Jarkas Heft. Sie hatte seinen Namen aufs Etikett geschrieben und darunter in Blockbuchstaben: BITTE NUR EINE KLEINE GESCHICHTE, LIEBLING. Wenn er zur ersten Seite umblätterte, entdeckte er dort, gleich in der obersten Zeile, einen zweiten Satz: DU HAST ES GESCHWOREN. Alle anderen Seiten waren leer, hundert blaukarierte Seiten, die Jarka von der ersten bis zur letzten durchnumeriert hatte. Hieß das, daß er all diese Seiten vollschreiben mußte? Während er von der Straße Leoš immer lauter und ungeduldiger rufen hörte, preßte David die Nase gegen das aufgeschlagene Heft und atmete tief ein. Das Heft roch wie ein neues, noch ungelesenes Buch.

## 2

In Luzienbad war es nicht so heiß wie in Prag. Die Sonne war keine richtige Sommerferiensonne, sie schien klarer und kälter, außerdem wehte von den Bergen oft ein kühler Wind ins Tal. Wenn David vom Tennis oder von seinen Übungen verschwitzt war, fröstelte es ihn jedesmal. Er zog dann den Pullover an, den er um die Hüften geknotet hatte, und während er den Kopf durchsteckte, sah er an den Häusern und Hotels Luzienbads vorbei zu den dichtbewaldeten Hängen hoch, die die Stadt von allen Seiten umschlossen. Der Wind fuhr durch die Bäume, und wann immer David später in Deutschland an früher dachte, fielen ihm zuerst die windgebeugten Fichten seines letzten tschechischen Sommers ein.

Im Sanatorium teilte er sich das Zimmer mit zwei anderen Jungen. Einer von ihnen hieß auch David. Er hatte feste, lockige Haare wie er, trug ebenfalls eine dicke schwarze Brille, und sein Vater war wie Davids Vater als Jude und Kommunist im Krieg in Rußland gewesen. David verstand sich mit dem anderen David ganz gut, obwohl es ihm auf die Nerven ging, daß der ständig mit seinem Vater angab. Aber das hätte er auch getan, wenn sein Vater der Direktor des Prager Zoos gewesen wäre. Davids Vater arbeitete als Ökonom, und obwohl sein Name oft in den Nachrichten auftauchte, hatte sich David nie dafür interessiert, was genau er machte. David wußte nur, daß Vater zu den Leuten gehörte, die Novotný gestürzt hatten, und daß viele politische Entscheidungen der letzten Monate und Jahre nicht ohne seinen Rat getroffen worden wären.

David haßte es, wenn jemand so hieß wie er. Darum fragte er den anderen David gleich, in welcher Straße in Prag seine Familie wohnte, und weil es die Nerudastraße war, sagte er von nun an Neruda zu ihm. Der dritte Junge, der sich mit ihnen das Zimmer teilte, bekam auch einen Spitznamen. Er hieß Bodo, und da er aus Deutschland kam, nannten ihn die beiden anderen Hitler. Er ließ es sich eine Weile gefallen, weil er kein Tschechisch verstand und nicht wußte, daß sie ihn meinten, wenn sie minutenlang laut und hysterisch lachten und dabei ständig den Namen des deutschen Diktators ausstießen. »Hitler hat sein Bett heute noch nicht gemacht!« rief David. »Ob

Hitler unten schon Haare wachsen?« kreischte Neruda. »Haare?« schrie David. »Der hat ja noch nicht mal welche im Gesicht!«

Sie lagen auf ihren Betten, ihre Wangen waren rot, die Augen tränten, und sie warfen sich herum vor Lachen. Plötzlich sprang Neruda auf und stellte sich vor Bodo, der am Tisch saß und sie halb neugierig, halb neidisch beobachtete. Er kitzelte Bodo unter der Nase und sagte: »Unser Hitler hat gar keinen Schnurrbart!«

»Er ist auf der Flucht«, sagte David leise. »Er hat ihn sich abrasiert!« Dann prusteten sie wieder los, aber im nächsten Augenblick stockten sie, weil Bodo mit der flachen Hand auf den Tisch schlug. »Warum redet ihr dauernd von Hitler?« sagte er auf deutsch. »Meint ihr mich damit?«

Obwohl er ihn genau verstanden hatte, antwortete David nicht. Er ging seit der dritten Klasse in die deutsche Schule in der Kladská, aber daß er dort wirklich etwas gelernt hatte, wußte er erst, seit er in Luzienbad mit Bodo deutsch sprechen mußte. Doch jetzt schwieg er.

»Natürlich meint ihr mich«, sagte Bodo. »Aber ich habe damit überhaupt nichts zu tun!«

»Alle Westdeutschen haben«, sagte David auf deutsch.

»Wir nicht. Mein Vater hat gegen die Faschisten gekämpft. Im Untergrund. Und später war er im Lager. Er ist Kommunist. So wie alle bei euch.«

David dachte nach, während Neruda ihn gespannt ansah.

»Mein Vater«, sagte Bodo, »ist der wichtigste Kommunist von ganz Westdeutschland!«

David stand auf, setzte sich neben ihn und legte ihm den Arm um die Schulter. »Es ist nur ein Witz«, sagte er.

»Unser Hitler ist empfindlich wie ein Mädchen, was?« sagte Neruda, und David übersetzte es Bodo ins Deutsche.

»Aber ein richtig scharfes«, sagte Bodo.

David übersetzte wieder, und nun lachten alle drei.

## 3

Jarka hatte David versprochen, sie würde ihm aus Belgien zur Belohnung Filzstifte mitbringen. Sie war einen Tag vor ihm weggefahren, und noch bis zur letzten Minute hatte sie an ihrem Schreibtisch gesessen und Pläne für die neue Ausgabe ihrer Zeitschrift gemacht. Die nächste *Zitronenrevue* sollte im September erscheinen, und Jarka hatte ihre Autoren gebeten, etwas über die Ferien zu schreiben. Normalerweise kriegte man eine solche Aufgabe vom Tschechischlehrer gestellt. Darum hatte es unter Jarkas Freunden ein paar Unzufriedene gegeben, aber sie hatte ihnen erklärt, das sei gerade der Witz an ihrer Idee. Außerdem, sagte sie ernst, würde dieser Sommer nicht so sein wie andere, das wisse doch jeder, der die Nachrichten verfolge. Das habe auch ihr Vater ihnen geschrieben, in einem Brief aus Hamburg, den Mutter ihr und David verschwiegen und den sie in ihrem Sekretär entdeckt hatte.

David war bei dieser letzten Redaktionskonferenz vor den Ferien dabeigewesen. Er war vier, fünf Jahre jünger als Jarkas Freunde und Schulkameraden, aber das hatte Jarka nicht gestört. Sie war stolz darauf, daß ihr kleiner Bruder es mit jedem ihrer Altersgenossen aufnehmen konnte, darum schleppte sie ihn ständig mit. Während sie sprach, ließ sie ihn kaum aus den Augen, doch David wich an diesem Tag ihren Blicken aus. Er hatte genug davon, daß sie von ihm immer etwas Besonderes erwartete, so wie man im Zirkus von einem Pony verlangt, daß es immer neue Kunststücke lernt. Sonst redete er oft dazwischen und machte Witze, aber jetzt schwieg er. Als Jarka den andern von Vaters Brief erzählte, wurde er noch wütender. »Will jemand etwas fragen?« sagte Jarka zum Schluß. Die Kinder sahen sich ratlos an, einige sprangen auf, und als Jarka merkte, daß es mit der Konzentration der Runde vorbei war, rief sie in das Durcheinander hinein: »Aber keine Sonnenuntergänge, bitte! Und nicht zu viele Großmütter!«

Alle lachten.

»Eine Frage, Frau Chefredakteurin«, sagte David leise, aber immer noch so laut, daß jeder ihn hören konnte.

»Ja, bitte.«

»Könnte ich, statt was zu schreiben, dir auch mit dem Arsch ins Gesicht springen?«

Wieder lachten alle, noch lauter als vorhin, und Jarka lachte mit. Auf dem Nachhauseweg ging sie aber am Platz der Republik auf David los, sie drückte ihm mit dem Arm den Hals zu und preßte ihn auf den Boden. »Du Spinner! Du kleiner, frühreifer Idiot!« schrie sie ihm ins Ohr, während sie sich auf dem Bürgersteig wälzten.

David keuchte laut, er versuchte sich zu wehren, aber er hatte keine Chance gegen sie.

»Du machst es trotzdem!« sagte Jarka.

»Laß mich.«

»Ich weiß, daß du es machst.«

Er sah ihr in die Augen und verzog den Mund zu einem gespielten Grinsen. Erst jetzt ließ sie ihn los, und den Rest des Tages redeten sie nicht miteinander.

Als David am nächsten Morgen aufwachte, saß Jarka an ihrem Schreibtisch. Sie hielt den Rücken kerzengerade, auf ihren Schultern lagen wie zwei Osterruten ihre schwarzen Zöpfe. David stöhnte angeödet, und sie drehte sich sofort zu ihm. Sie stand schnell auf, setzte sich auf sein Bett, umarmte ihn und nannte ihn »Liebling« und »Kälbchen«. Dann mußte er ihr schwören, daß er sie nicht im Stich lassen würde. »Keiner kann es so gut wie du, Kälbchen«, sagte Jarka. Während sie ihn auf den Hals küßte, kitzelte ihr Zopf seine Brust.

## 4

Von morgens bis abends war David mit Bodo und Neruda zusammen, und nur wenn Bodo seine Unterwassermassage bekam, waren sie voneinander getrennt. David und Neruda gingen dann Tennis spielen oder im großen Becken schwimmen, später holten sie ihren Freund ab und streiften mit ihm bis zum Mittagessen durch die Stadt. Eine Weile spazierten sie wie erwachsene Männer unter den Kolonnaden auf und ab und tranken – so hatte man es ihnen verordnet – in kleinen Schlucken das Heilwasser. Sie unterhielten sich oder dachten sich Spiele aus, mit denen sie sich während der Mittagsruhe, statt zu schlafen, die Zeit vertreiben wollten. Allmählich verloren sie aber die Geduld. Sie fingen an, sich aus ihren Bechern mit dem heißen Wasser zu bespritzen, und es dauerte nicht lange, bis einer von ihnen beleidigt davonlief.

Bald kannte jeder Kurgast die drei Jungen, von denen die beiden mit den schwarzen Locken und dunklen Brillen wie Zwillinge aussahen, während der dritte, ein hagerer Blondschopf, durch die schwere Metallschiene an seinem linken Fuß auffiel, die ihn aber nicht daran hinderte, humpelnd das Tempo seiner Kameraden zu halten. Manchmal sah ihnen die ganze Kurgesellschaft dabei zu, wie sie über die große Treppe sprangen und den Schloßberg hochrannten, immer einer vorneweg, während die beiden andern versuchten, ihn einzuholen, was ihnen meistens erst oben, am Ottawa-Haus, gelang. Dort standen sie dann, sprachen ernst miteinander oder gaben dem, der beleidigt war, einen Klaps auf die Wange, und erst nachdem sie hinterm Ottawa-Haus verschwunden waren, kam in den Kolonnaden der ins Stocken geratene Kurbetrieb langsam wieder in Gang.

Gleich nach seiner Ankunft in Luzienbad hatte David Jarkas Heft in seinen Schrank gelegt. Er schob es ins oberste Fach, wo er es nicht sehen konnte, und der Trick funktionierte. David vergaß Jarka, die *Zitronenrevue* und die Geschichte, die er schreiben sollte – er vergaß überhaupt alles, was bis zu den Ferien gewesen war.

Nach ein paar Tagen mit Neruda, Bodo und den Krankenschwestern, die sich um die Kinder im Marie-Curie-Haus kümmerten, kam es ihm so vor, als hätte er sein ganzes Leben hier verbracht. Manchmal versuchte er deshalb, sein Gedächtnis zu trainieren und sich in Erinnerung zu rufen, wie es bei ihnen zuhause aussah – in der Küche, im Flur, im Schlafzimmer der Eltern. Er dachte auch an die Räume in seiner Schule oder an das Gesicht seiner Mutter, aber alles war weg. Nur wenn er am Rathaus vor dem Rudé-právo-Glaskasten in einer Traube von Erwachsenen stand und die Überschriften der Artikel las, in denen es um die ständigen Krisentreffen der tschechoslowakischen und sowjetischen Parteichefs ging, wußte er, daß es außerhalb Luzienbads eine Welt gab, in die er zurückkehren würde. Doch dann hörte er seine Freunde rufen, und schon hatte er das alles wieder vergessen.

Eines Nachts, die beiden anderen schliefen, stand David auf und öffnete leise seinen Schrank. Er war wach geworden, weil die Bauchschmerzen stärker waren als sonst und er plötzlich seinen eigenen Herzschlag spürte. Er stand auf den Zehenspitzen vor dem Schrank und tastete im obersten Fach nach Jarkas Heft, und nachdem er es zu fassen bekommen hatte, zog er es mit einer heftigen Bewegung heraus. Ohne es anzuschauen, warf er es in den Papierkorb, der neben dem Tisch stand, setzte sich hin und sah aus dem Fenster. Dann legte er den Kopf auf die gefalteten Arme und schlief ein.

Als David wieder aufwachte, saß er noch genauso da. Draußen wurde es hell, die Stadt war nächtlich grau, aber oben strich schon die aufgehende Sonne über die schwarzen Rücken der Berge. Bevor David ins Bett zurückging, holte er Jarkas Heft aus dem Papierkorb und legte es zurück in den Schrank – in ein Fach weiter unten, wo er es immer sehen würde. Er mußte, dachte er, die Sache so schnell wie möglich hinter sich bringen. Er lag mit geschlossenen Augen da und hielt sich wieder den Bauch, doch als ihm die Filzstifte einfielen, die er von Jarka zur Belohnung bekommen sollte, vergaß er die Schmerzen sofort. Er setzte sich auf, schob sich ein Kissen in den Rücken und sah seinen Freunden dabei zu, wie sie schliefen.

## 5

David dachte nie darüber nach, ob er Jarka mochte oder nicht. Sie war seine Schwester, daran gab es nichts zu ändern. Vom Tag seiner Geburt an hatte sie ihn nicht aus den Augen gelassen, und obwohl sie nur fünf Jahre älter war als er, umsorgte sie ihn wie eine erfahrene Amme. Sie durfte ihn wickeln, füttern und manchmal allein im Park spazierenfahren. Nachts streichelte sie heimlich seine kleinen Hände oder roch an seinem verschwitzten Nakken. Wenn er gebadet wurde, stand Jarka neben ihrer Mutter und gab Ratschläge. Und sie war im ganzen Viertel berühmt dafür, daß sie jeden, der auch nur mit einem flüchtigen Blick den Kinderwagen streifte, anhielt und zwang, sich David genau anzuschauen. Oft holte sie ihn raus, ob er schlief oder nicht, und legte ihn dem überraschten Passanten in den Arm. Sie sagte keinen Ton, betrachtete gerührt Davids zerknautschtes Gesicht, und noch bevor der Fremde etwas begriffen hatte, nahm sie ihm den Bruder wieder weg.

Als David älter wurde, kümmerte sich Jarka eine Zeitlang weniger um ihn. Es ging ihr auf die Nerven, daß er nicht mehr so leicht zu bändigen war; kaum konnte er sprechen und laufen, machte er, was er wollte. Jede Sekunde war er woanders, jede Minute hatte er einen neuen Einfall, und ständig machte er etwas in ihrem gemeinsamen Zimmer kaputt. Außerdem kränkte es sie, daß er morgens nie zu ihr ins Bett wollte, sondern immer zu den Eltern. Sie hatte ihn deshalb ein paarmal, während er schlief, zu sich gelegt, und wenn er dann wach wurde, hielt sie ihn mit Gewalt bei sich fest – so lange, bis Vater die Tür aufmachte, den weinenden David hochhob und ins Schlafzimmer trug.

Eines Tages entdeckte Jarka, daß David sich selbst das Lesen beigebracht hatte. Er saß mit einem von seinen Büchern im Wohnzimmer auf dem Sofa, und obwohl der Fernseher lief, schaute er nicht hin. Davids Kopf steckte zwischen den großen Seiten des Buchs, er bewegte ihn langsam von links nach rechts und wieder zurück, und mit den Augen machte er die gleiche Bewegung. Jarka blieb überrascht in der Tür stehen. Sie beobachtete David, bis sie sich ganz sicher war, schließlich trat sie von der Seite an ihn heran, umfaßte mit beiden Händen seinen Kopf und gab ihm einen zarten Kuß auf sein schwarzes Haar. Dann legte sie die Wange auf seinen warmen Kopf und drückte sie fest dagegen. Jetzt erst hob David den Blick. Es war so viel Ruhe darin, und obwohl er lächelte, wirkte er ernst.

An diesem Tag begann Davids Erziehung. Jarka, die nichts lieber machte als Lesen und Schreiben, konnte sich nicht vorstellen, daß ihr kleiner Bruder für etwas anderes einen Sinn haben könnte. Am Anfang verlangte sie von ihm nur, daß er sich ihre Gutenachtgeschichten anhörte, ohne einzuschlafen, und ihr hinterher sagte, was ihm gefallen hatte und was nicht. Später mußte er dieselben Bücher wie sie lesen und ihr, wenn er fertig war, den Inhalt genau nacherzählen. Irgendwann, er ging inzwischen zur Schule, kam der große Moment. Jarka drückte David feierlich einen Bleistift und ein Blatt Papier in die Hand und forderte ihn auf, das aufzuschreiben, was ihm gerade einfiel. Als sie sich eine halbe Stunde später über ihn beugte und auf dem Zettel nur ein Haus, eine Sonne und ein Flugzeug entdeckte, gab sie ihm eine Ohrfeige. Während er weinte, hielt sie ihn in ihren Armen, dann schob sie ihm ein neues Blatt hin. Die Geschichte, die David an diesem Tag schrieb, handelte von einem Jungen, der einen Freund hat, mit dem er nie spielen kann, weil der immer krank in seinem Bett liegt. Es war seine allererste Geschichte, und sie gefiel Jarka so gut, daß sie David versprach, sie in der *Zitronenrevue* abzudrucken, und das hatte ihn gefreut.

Die Eltern waren natürlich stolz auf ihre Kinder. Es rührte sie, daß Jarka den größten Teil ihrer Zeit mit ihrem Bruder verbrachte und sich nicht schämte, ihn mitzunehmen, wenn sie sich mit ihren Freunden traf. Selten, darüber waren sich die Eltern einig, gab es Geschwister, die sich so gut verstanden wie die beiden, und noch seltener solche, die so begabt waren. Sie schrieben Geschichten und verfaßten Theaterstücke, die sie mit anderen Kindern aufführten, sie sprachen über die Bücher, die sie lasen – und sie nahmen jedes Jahr an den Gedichtwettbewerben von *ABC* teil. Ihre Gedichte wurden zwar nie veröffentlicht, aber sie bekamen jedesmal als Belohnung von der Redaktion den gleichen Dankesbrief und das gleiche Skácel-Buch geschickt. Dann saßen die beiden Wunderkinder in ihrem Zimmer an Jarkas Schreibtisch über dem Paket von der Zeitschrift und lachten, und die Eltern gesellten sich bald zu ihnen und lachten mit. Ab und zu gab es natürlich Streit zwischen David und Jarka, aber das, fanden die Eltern, war normal. Normal schien es ihnen auch zu sein, daß David, als der Jüngere, manchmal sehr wütend auf seine große Schwester wurde und sie mit der Verzweiflung des Unterlegenen so lange provozierte und beschimpfte, bis ein kleines Unglück geschah. Die Eltern ließen die beiden aber immer allein mit ihrem Streit, Prachtkinder wie sie wurden mit so etwas schließlich selbst fertig. Wenn sie Jarka und David am nächsten Tag wieder zusammen sahen, pausenlos redend und lachend, waren sie noch ein wenig stolzer auf sie.

Über das alles hatte David erst Jahre später nachgedacht und geschrieben, und weil er zur Einseitigkeit neigte, ging er sehr vorsichtig mit seinen Erinnerungen um. Es konnte ja sein, dachte er, daß er vor lauter Wut mal wieder vollkommen übertrieb. Seine tschechische Kindheit war von seinem Gedächtnis so fest umschlossen wie ein winziger Käfer von einem Bernsteinblock – er selbst war der Käfer, aber er war auch derjenige, der ihn von außen betrachtete, und das verzerrte vielleicht seinen Blick.

## 6

Nach einigen Wochen ging es David und Neruda viel besser. Davids Bauchschmerzen machten sich immer seltener bemerkbar, das Herz schlug wieder ruhig und gleichmäßig, und er hatte nachts kein Nasenbluten mehr. Nerudas Bronchien waren so frei wie am Tag seiner Geburt, er hatte aufgehört zu husten und im Schlaf zu röcheln. Bloß Bodo machte keine Fortschritte. Die Übungen, Elektrotherapien und Umschläge mit heißem Schlamm, die er über sich ergehen lassen mußte, führten dazu, daß er nur noch an sein krankes Bein dachte und ständig darüber redete.

»Wenn du nicht endlich die Klappe hältst«, sagte David zu ihm, als er wieder einmal davon anfing, »wird es sowieso nie besser.«

Sie saßen vor dem Kasino auf dem Rasen und sahen zu den Kolonnaden herüber, wo gleich das Nachmittagskonzert anfangen sollte.

»Als ob das damit etwas zu tun hätte«, sagte Bodo beleidigt.

»Natürlich hat es das.«

»Das mußt du mir erklären!«

»Ist doch völlig klar«, sagte David langsam. Er sah

hilfesuchend zu Neruda herüber, aber dann fiel ihm ein, daß der sie gar nicht verstehen konnte, weil sie deutsch sprachen.

»Heute gibt's bestimmt wieder nur diese bescheuerte Blasmusik«, sagte Neruda und grinste.

»Ja, bestimmt«, antwortete David.

Ganz selten spielte man auf den Kolonnaden Jazz, und nur deshalb kamen die drei jeden Nachmittag hierher. Daß sie meistens enttäuscht wurden, störte sie nicht. Fast so gut wie ein Jazzkonzert fanden sie es, vorher endlos darüber zu reden, ob sie an diesem Tag Glück haben würden oder nicht.

»Sie haben drei Stühle hingestellt«, sagte Neruda. »Vielleicht spielt wieder das Trio vom letzten Wochenende.« Er sah David herausfordernd an, aber der reagierte nicht. Neruda tippte Bodo auf die Schulter, hob beide Hände vors Gesicht und bewegte die Finger der linken Hand ganz schnell wie ein Trompeter. Dann malte er mit dem ausgestreckten Zeigefinger ein Fragezeichen in die Luft. Bodo zuckte aber nur leidenschaftslos mit den Schultern und wandte sich wieder David zu. »Also los«, sagte er, »jetzt erklär's mir!«

»Das würdest du sowieso nicht verstehen«, sagte David, um Zeit zu gewinnen.

»Bin ich so blöd?«

»Nein – so stur.«

»Wie würdest du es denn finden, wenn du ein Krüppel wärst?«

»Weiß ich nicht«, sagte David wieder genauso langsam wie vorhin, aber dann hatte er endlich die rettende

Idee. »Ich weiß nur, daß man mit einem komischen Bein noch lange nicht komisch werden muß. Einer von meinen Onkeln hat im Krieg bei den Partisanen gekämpft, und sein bester Freund hat einen Klumpfuß gehabt – dagegen hast du Beine wie eine Schlittschuhläuferin.«

»Na und?«

»Der hat nicht so gejammert wie du.«

»Großartig. Prima. Vielen Dank für die tolle Erklärung.«

»Jetzt warte doch«, sagte David. »Er hat so viele Nazis erschossen wie alle andern in seiner Gruppe zusammen, und die Nazis hatten eine solche Angst vor ihm, daß sie ihn wegen seines Fußes den Judenteufel nannten. Sie waren jahrelang hinter ihm her, sie schrieben eine Belohnung auf ihn aus und hängten überall Plakate mit seinem Foto hin. Ein Nazioffizier haßte ihn ganz besonders. Der hat seinetwegen zum Schluß alle anderen Feinde vergessen und jagte nur noch ihn. Einmal hätte er ihn fast gekriegt, weil ein Bauer der Gestapo erzählte, daß der Judenteufel ab und zu in seinem Dorf seelenruhig in der Kneipe sitzt und Bier trinkt. Der Offizier hat sich mit seinen Leuten in der Kneipe versteckt und tagelang auf den Judenteufel gewartet. Eines Abends kam er, und sie schnappten ihn. Der Offizier wollte ihn auf der Stelle erschießen, aber der Judenteufel hat ihn als Feigling ausgelacht. Mit Hundert gegen einen, hat er zu ihm gesagt, das kann jeder, kämpf doch allein mit mir, Mann gegen Mann. Der Offizier schämte sich und sagte, in Ordnung, wähl die Waffen. Weil ihr mich den Judenteufel nennt, sagte der Freund meines Onkels lachend, will ich dich nicht töten. Ich will nur deine Seele, spielen wir Karten um sie. Wenn du gewinnst, machst du mit mir, was du willst, wenn ich gewinne, läßt du mich gehen, und deine Seele gehört mir. Der Offizier sagte sofort ja. Natürlich verlor er, und obwohl ihn seine Soldaten für verrückt erklärten, ließ er den Judenteufel gehen. Als er ihn durch die Kneipentür davonhumpeln sah, schwor er aber, er würde ihn wiederkriegen.«

»Und hat er?« sagte Bodo.

»Was glaubst du?«

»Ich glaube nicht.«

»Natürlich nicht. Es kam genau andersrum. Ein paar Monate später überfiel der Judenteufel in der Nacht mit seinen Partisanen die Garnison des Offiziers. Er fand ihn in seinem Bett. Ich habe gelogen, sagte er leise, ich will nicht deine Seele, ich will dein Herz. Und dann schoß er ihm mit seiner Pistole siebenmal in die Brust.«

»Siebenmal? Warum siebenmal?« flüsterte Bodo.

»Heilige jüdische Zahl«, antwortete David ebenfalls flüsternd, und weil er plötzlich schrecklich lachen mußte, sprang er auf, drehte sich zur Seite und klopfte sich das Gras von der Hose. Daß der arme Bodo ihm die Geschichte geglaubt hatte, war wirklich komisch – wenn es nicht gleichzeitig so traurig gewesen wäre. »Hast du jetzt verstanden, was ich vorhin gemeint habe?« sagte er zu ihm, sobald er keine Angst mehr hatte, laut herauszuprusten.

»Ja«, sagte Bodo leise.

»Und was hast du verstanden?«

»Jetzt hör schon auf, mich wie ein Lehrer auszufragen. Ich bin doch nicht blöd.«

»Entschuldige«, sagte David. Er setzte sich wieder auf den Rasen, und als Neruda ihm einen fragenden Blick zuwarf, sagte er auf tschechisch, er würde ihm nachher erzählen, worüber er mit Bodo so lange geredet hatte.

Während des Konzerts überlegte David kurz, ob er die Geschichte vom Judenteufel nicht in Jarkas Heft schreiben sollte, aber das ging natürlich nicht, weil Jarka von ihm und den anderen etwas über den Sommer gewollt hatte. Dasselbe Problem hatte er auch schon mit den beiden Geschichten gehabt, die ihm gestern eingefallen waren. Er hätte zum Beispiel über Leoš schreiben können, der fast jeden Abend ihre Mutter besuchte, seit Vater in Hamburg war. Die Geräusche, die David dann nachts in der Wohnung hörte, waren so seltsam, daß er sich vorstellte, Leoš sei ein Geist, der bei allen Leuten, die er mochte, spukte. Und natürlich hätte David auch, um Jarka zu ärgern, schreiben können, wie sie sich einmal während eines Gottesdienstes in die Kirche bei ihnen am Platz geschlichen hatte. Dort stand sie so lange mit offenem Mund in der ersten Reihe, bis Vater sie fand und laut schimpfend aus der Kirche hinausjagte. Jarka schämte sich bis heute dafür, und er hätte diese Geschichte nicht einmal groß ausschmücken müssen. Aber auch in ihr kamen der Sommer und die Ferien nicht vor, und so war Jarkas Heft immer noch leer.

Jetzt erst nahm David die Jazzmusik wahr. Er sah eine Trompete aufblitzen, Baßseiten vibrierten, zwei

Schlagzeugstöcke wirbelten durch die Luft. Das schnelle Stück, das die drei jungen Musiker spielten, heiterte ihn sofort auf. Er hörte es eines Tages als Erwachsener wieder, ohne zu wissen, wo es ihm zum ersten Mal begegnet war.

## 7

Bevor Vater wegfuhr, ging die ganze Familie noch einmal essen. Es kam selten vor, daß sie zu viert etwas unternahmen; Vater hatte nie Zeit, und wenn er mal nichts zu tun hatte, lag er in seinem Arbeitszimmer auf dem karierten Sofa und las sich durch den Stapel von Zeitschriften, der sich auf der Fensterbank neben dem Schreibtisch türmte. Während er arbeitete, mußten David und Jarka ruhig sein, sie durften auch nicht hereinkommen oder das Telefon benutzen, das bei ihm stand. Das alles störte sie nicht besonders, es tat ihnen bloß leid, daß sie an den Wochenenden nie herausfuhren. Einmal im halben Jahr besuchten sie jemanden auf dem Land, aber diese Ausflüge begannen meistens mit einem Streit der Eltern und endeten damit, daß Vater, kaum angekommen, sich an einem schattigen Platz in den Liegestuhl setzte, irgendeine lächerliche Mütze aufsetzte, seine Zeitschriften herausholte und erst kurz vor der Abfahrt wieder aufsah.

Bei dem letzten Abendessen war aber alles anders gewesen. Die Eltern nahmen sie das erste Mal zum Chinesen mit, dem einzigen, den es in Prag gab, und noch bevor sie die Speisekarten bekommen hatten, fing Vater an zu sprechen. Zuerst erklärte er ihnen, daß sie in einem der besten chinesischen Restaurants Europas waren – die Köche hier seien zwar Tschechen, hätten aber in China ihr Handwerk gelernt. Auch die Ausländer aus dem Westen wüßten das, er habe schon oft gehört, wie sie den Prager Chinesen lobten, und er sei sehr traurig, daß er in den nächsten Monaten nicht die Möglichkeit haben würde, wieder herzukommen. Dann erzählte er David und Jarka, daß er für eine Weile nach Hamburg ginge, an die dortige Universität. Jarka wollte wissen, warum, und er erklärte ihr, man habe ihn eingeladen, an einem Forschungsprojekt teilzunehmen, denn es gäbe im Westen immer mehr Leute, die sich dafür interessierten, was in der kleinen Tschechoslowakei in den letzten Monaten passierte. Er selbst habe die Theorie entwickelt, daß der Ausweg aus der schwierigen Lage auch wirtschaftlich ein streng sozialistischer sei, und das habe seine Kollegen in Hamburg neugierig gemacht.

Obwohl David aufmerksam zugehört hatte – erstaunt, daß Vater zum ersten Mal etwas von seiner Arbeit erzählte –, verstand er kaum ein Wort. Als das Essen kam, ließ seine Konzentration ganz nach. Während er die erste süßsaure Suppe seines Lebens aß, während er immer wieder den schweren Porzellanlöffel in seiner Hand wiegte, während er das scharfe Kung-pao fast schon so geschickt wie ein Chinese mit den Stäbchen in sich hineinschaufelte und den von den gebratenen Bananen tropfenden Honig vom Teller leckte, dachte er nur, wie schön dieser Abend war. Jarka dagegen aß kaum, sie hörte Vater stumm zu und nickte ein paarmal zustimmend. Als David später mit ihr allein auf der Straße stand, weil die Eltern noch ihre Mäntel holen mußten, weinte sie. Er betrachtete sie verständnislos, es freute ihn aber, daß sie weinte, und dann stieg dasselbe warme Gefühl in ihm hoch, das er einmal gehabt hatte, als er mit seinen Freunden im Park eine Katze gefangen und mit beiden Vorderpfoten an einem Ast festgebunden hatte.

Zuhause saßen sie noch alle zusammen im Wohnzimmer. Der Fernseher wurde angemacht, es gab Tee, Konfitüre und belgische Kekse. Obwohl es spät war, durfte David so lange aufbleiben, wie er wollte, und auch nachdem Jarka ins Bett gegangen war, rührte er sich nicht von der Stelle. Eine solche Chance, das wußte er, würde so schnell nicht wiederkommen. Er legte den Kopf auf den Schoß seiner Mutter, die ihn sofort im Nacken zu streicheln begann, schob die Füße unter das große blaue Kissen und sah zum Fernseher. Der Film, der gerade anfing, handelte von einer blinden Frau, die allein in ihrer Wohnung lebt und sich gegen einen Einbrecher verteidigen muß, der sie umbringen will. David schlief bald ein, und als er wieder wach wurde, liefen die Spätnachrichten. Er wollte aufstehen, war aber zu müde, und so blieb er mit geschlossenen Augen liegen. Es wurde gemeldet, daß die Delegation, die heute nach Moskau geflogen war, alles dafür tun werde, um die Bedenken und Sorgen der sowjetischen Freunde zu zerstreuen. Dann hieß es, der sowjetische General, der vor kurzem in einer französischen Zeitung gesagt hatte, man müsse den Tschechen mit Gewalt Vernunft beibringen, habe seine Erklärung wieder zurückgenommen.

»Ich glaube«, sagte Vater leise, »daß es nicht mehr lange dauert.«

»Du bleibst eben in Hamburg, bis wir wirklich wissen, wie es weitergeht«, flüsterte Mutter. »Notfalls komme ich mit David nach. Und Jarka ist doch sowieso den ganzen Sommer in Belgien. Von dort sind es nach Hamburg mit dem Zug nur ein paar Stunden.«

»Und was ist nach dem Sommer?« sagte Vater.

»Alles oder nichts«, antwortete Mutter. »Wir können nicht endlos in Angst leben.«

»Nein, das können wir wirklich nicht.«

David hob den Kopf, senkte ihn wieder, aber dann setzte er sich schnell auf. »Fahren wir weg, Mama?« sagte er.

»Wie kommst du darauf?«

»Ihr habt darüber geredet.«

»Aber nein, mein Herz, das hast du nur geträumt.«

## 8

Der letzte Tag in Luzienbad war der heißeste des Sommers. Der Wind, der sonst von den Bergen wehte und die Bäume über der Stadt zauste, war ausgeblieben, und die Sonne schien in einem ungewohnt warmen, gedämpften Licht. David, Neruda und Bodo hatten nichts mehr zu tun. Ihre Behandlungen waren abgeschlossen, und weil sie den ganzen Morgen gebettelt hatten, bekamen sie von den Schwestern die Erlaubnis, allein mit dem Bus an einen kleinen See in der Nähe zu fahren. Zum ersten Mal seit sechs Wochen verließen sie das Tal, und während der Bus sich langsam die Serpentinen hochkämpfte, blickten sie hinunter zur Stadt, die von hier oben fast so klein wirkte wie von einem Flugzeug aus. Sie sahen den leuchtendroten Bau des Kasinos, sie sahen den gläsernen Kurpavillon und den grauen Turm des Marie-Curie-Hauses, sie sahen die Tennisplätze, Parks und Spazierwege.

Als sie am See ankamen, gingen sie sofort ins Wasser. Vor lauter Ungeduld hätten sie beinahe vergessen, daß Bodo seine Schiene abnehmen mußte. Während Bodo noch an den Lederriemen nestelte, standen David und Neruda bis zum Bauch im Wasser und trieben ihn klatschend und pfeifend an. Endlich war er die Schiene los, er warf sie, ohne sich umzudrehen, hinter sich zu den Handtüchern und hüpfte zum See. Das kranke Bein winkelte er in der Luft an, und als er tief genug im Wasser war, machte er einen kleinen Kopfsprung, er tauchte wieder auf, und ohne die beiden anzuschauen, schwamm er mit kräftigen Stößen los. Sie holten ihn erst in der Mitte des Sees ein, aber er lachte sie aus und sagte, sie sollten sich einsargen lassen, wenn sie es nicht einmal mit einem Krüppel wie ihm aufnehmen könnten. Noch bevor David übersetzen konnte, was Bodo gesagt hatte, schwamm er weiter, zum gegenüberliegenden Ufer. Diesmal waren David und Neruda schneller da. Sie warfen sich erschöpft auf den warmen, staubigen Rasen und warteten, bis ihr Freund schwer atmend aus dem Wasser humpelte und sich neben sie fallen ließ.

Sie lagen eine Weile stumm in der heißen Sonne, und als sie sich erholt hatten, begannen sie darüber zu reden, was sie nach den Ferien machen würden. In diesem Moment fiel David wieder Jarkas Heft ein, und er wechselte sofort das Thema. Er wollte von Bodo plötzlich wissen, ob es in Westdeutschland wirklich noch so viele Faschisten gab und ob Bodos Vater als Kommunist verfolgt wurde. Bevor Bodo antworten konnte, sagte David, er hätte von seiner Klassenlehrerin gehört, es gebe in Westdeutschland Dutzende von Brotsorten, aber das könne er nicht glauben, denn bei ihnen gebe es nur zwei. Nachdem Bodo ihm alle Brotsorten aufgezählt hatte, die er kannte, war David zufrieden. Dann meinte er zu Bodo, daß sein Vater wegen eines wichtigen Forschungsprojekts für ein paar Monate nach Hamburg gefahren sei, und er habe manchmal Angst um ihn, denn er sei auch Kommunist und außerdem Jude. Aber Bodo lachte nur, ohne ein Wort zu sagen. An dieses Lachen mußte David eine Woche später denken, als er mit seiner Mutter im Zug nach Hamburg saß. Sie hatte ihm gesagt, daß sie nicht mehr nach Prag zurückfahren würden, und er hoffte nur, daß Bodo ihn neulich zurecht ausgelacht hatte.

David hatte Neruda die ganze Zeit alles übersetzt, doch irgendwann war er so müde davon, daß er sich auf den Bauch drehte und die Augen schloß. Er hätte gern mit Neruda über den Prager Zoo gesprochen, aber er ließ es sein, weil er wegen Bodo jeden Satz ins Deutsche hätte übersetzen müssen. Neruda hatte ihm gesagt, sein Vater würde sie immer umsonst in den Zoo hereinlassen, und wenn sie Glück hätten, dürften sie den Wärtern beim Füttern helfen. David freute sich jetzt schon darauf; er wollte zu den Schimpansen und vor allem zu den Robben. Er stellte sich vor, wie er am Rand des Beckens stand und sie nach den Fischen schnappten, die er ihnen hinhielt, während ihn die Besucher bewundernd beobachteten. Gerade dachte er daran, wie er dabei hinter der Absperrung plötzlich seine ganze Klasse entdeckte, als Bodo sagte, am andern Ufer seien zwei Mädchen aufgetaucht, die sollten sie sich genauer ansehen. David setzte sich auf, aber weil er die Brille bei seinen Sachen gelassen hatte, konnte er nicht viel erkennen, nur einen großen Wolkenschatten, der sich über die Seeoberfläche schob. Neben ihm hockte Neruda und blinzelte genauso verloren in die Ferne wie er. Bodo lachte, er sagte, sie seien wirklich eine großartige Bande, zwei Blinde und ein Lahmer. David wiederholte den Satz für Neruda auf tschechisch, und dann rannten sie los. Während sie zurückschwammen, bezog sich der Himmel immer mehr. Als sie drüben ankamen, waren die Mädchen weg. David, Neruda und Bodo trockneten sich schnell ab, zogen ihre Sachen an und liefen zur Bushaltestelle. Der plötzlich aufkommende Wind kitzelte sie im Nacken und ließ das Wasser des Sees leicht hin und her schaukeln.

In dieser Nacht konnte David das erste Mal wieder nicht schlafen. Er drehte sich tapfer von einer Seite auf die andere, und auch als die Schmerzen kamen, tat er so, als sei nichts. Lange hielt er es aber nicht aus, er stand auf und ging auf die Toilette. Kaum hatte er sich hingelegt, mußte er wieder hoch. So ging es mehrere Male, bis nur noch Wasser kam. Gegen Morgen ließen die Schmerzen nach. David legte sich auf den Bauch, umarmte das Kissen und zog das linke Bein an, so wie er es immer vor dem Einschlafen machte, aber er war wach wie am Tag. Er war schrecklich wütend, hielt seine Wut jedoch für Angst. Jarka konnte so widerlich sein, wenn sie von ihm enttäuscht war! Beim Reden sah sie ihn überhaupt nicht an, sie küßte und umarmte ihn nicht mehr und erzählte ihren Freunden, sie wolle einen anderen Bruder, ihrer sei ihr viel zu langweilig und unintelligent. Manchmal prügelte sie sich dann bloß mit ihm, und das war ihm tausendmal lieber.

David stand auf, holte das Heft, das er am Abend in Vaters blauen Rucksack gepackt hatte, und setzte sich an den Tisch. Er schlug das Heft auf und sah die erste Seite an. DU HAST ES GESCHWOREN. Er riß langsam die Seite heraus, zerknüllte sie und warf sie in den Papierkorb. Dasselbe machte er mit allen anderen Seiten, immer schneller und wütender, und als er fertig war, stützte er den Kopf in die Hände und sah aus dem Fenster. So wie beim letzten Mal, als er hier um diese Zeit gesessen hatte, lag die Stadt noch im Dunkeln, während oben die Wälder und Berge von der Sonne rot eingefärbt wurden, und auch die Straße, die von Luzienbad zur Grenze führte, glänzte bereits wie eine dicke, müde Schlange in der Morgensonne. David betrachtete selbstvergessen ihre lange, gewundene Linie, und plötzlich sah er, wie am Bahnhof ein Panzer auftauchte. Er bewegte sich langsam auf die Stadt zu, hinter ihm kam noch einer, dann noch einer, und so ging es endlos weiter. David hörte das metallische Kreischen ihrer Ketten, er sah die roten Sterne auf den Geschütztürmen, und weil er nicht wußte, was er tun sollte, begann er, die Panzer zu zählen. Plötzlich stand Neruda neben ihm. »Warum schläfst du nicht?« sagte er zu David. Statt zu antworten, zeigte David mit einem Kopfnicken zum Fenster. Neruda setzte sich die Brille auf und sah hinaus. »Sind sie es?« sagte er. »Ja«, sagte David.

Kurz darauf wurde Bodo wach. Sie erklärten ihm, den Blick starr nach draußen gerichtet, was passiert war, und er stellte sich hinter sie und legte jedem von ihnen einen Arm auf die Schulter.

## 9

Davids Mutter rief am Morgen als erste an. Während er die große Treppe zum Telefon hinunterrannte, hörte er aus allen Gängen und Räumen des riesigen Marie-Curie-Hauses das Weinen der Kinder. Die Krankenschwester, die ihm den Hörer gab, sagte, er dürfe nur kurz sprechen, weil die Leitung freibleiben sollte. Deshalb beantwortete er die Fragen seiner Mutter so knapp und atemlos, daß sie mehrmals wissen wollte, ob wirklich alles in Ordnung sei. Zum Schluß sagte sie, er solle, wie verabredet, heute unbedingt zurückkommen, er sei ein erwachsener Junge, darum wüßte sie, daß er auf sich aufpassen und keine Dummheiten machen würde. Abholen könne sie ihn leider nicht, sie hätte jetzt sehr viel zu erledigen und jede Minute zähle. Nachdem David aufgelegt hatte, klingelte das Telefon wieder, und sein blechernes Läuten hallte von nun an den ganzen Vormittag durchs Sanatorium.

David und Neruda hatten gedacht, sie würden zusammen nach Prag zurückfahren. Sie hatten ihre Sachen gepackt, und während sie darauf warteten, daß man sie zum Bus rief, saßen sie mit Bodo, dessen Zug erst am Abend ging, auf seinem Bett und spielten Karten. Kurz darauf rief aber Nerudas Vater an. Er sagte, Neruda solle auf jeden Fall in Luzienbad bleiben, er würde ihn am Nachmittag selbst mit dem Wagen holen. David überlegte, ob er nicht auch mit Nerudas Vater fahren sollte, um ihn unterwegs nach seiner Arbeit im Zoo auszufragen. Doch da kam von unten das Zeichen für alle, die nach Prag wollten, worauf er sofort die Karten fallen ließ, seinen Koffer vom Bett hob und den Rucksack schulterte. Bodo und Neruda sahen ihn lächelnd an, Bodo sagte, er würde ihm vielleicht aus Hitlerdeutschland schreiben, und Neruda meinte, sie könnten gleich nächste Woche in den Zoo gehen. Als David sich am Ende des Ganges, der zur großen Treppe führte, umdrehte, sah er die beiden, wie sie auf Bodos Bett saßen und weiterspielten. Bodo mischte, dann hielt er Neruda die Karten hin, und der tippte mit den Fingerspitzen lässig auf den Stapel.

Im Bus sprach David mit niemandem, aber er war nicht der einzige, der die ganze Fahrt über stumm blieb. Er sah neugierig aus dem Fenster, und wann immer sie an den Soldaten vorbeifuhren, schaute er sicherheitshalber weg. Alle paar Kilometer standen Panzer oder große Geschütze entlang der Straße, oft war es auch nur ein einzelner Jeep. Einmal wurden sie angehalten. Der Soldat, der zunächst langsam den Mittelgang abschritt und ab und zu einen nachlässigen Blick unter die Sitze warf, bemerkte erst zum Schluß, daß ihn keines der Kinder ansah, und das war ihm so unangenehm, daß er sich auf der Stelle umdrehte und aus dem Bus stürmte. Kaum war er draußen, begannen alle wie befreit zu johlen und zu klatschen, doch als jemand anfing *Kde domov můj* zu singen, schlossen sich ihm nur zwei, drei andere an. Den Rest der Fahrt schwiegen wieder alle, aber Angst hatte keiner mehr.

In Prag holte Leoš David vom Bus ab. Während sie durch die Stadt fuhren, entdeckte David, daß an vielen Stellen die Straßenschilder abmontiert waren. An jeder zweiten Wand standen mit weißer Farbe die Namen der tschechischen Politiker geschrieben oder Aufforderungen an die Soldaten, wieder wegzugehen. Die Armeeposten, die David überall sah, schienen auf die Parolen nicht zu achten. Die meisten Soldaten standen einfach da und rauchten. Als Leoš ihm erzählte, daß am Rundfunkgebäude gekämpft wurde, machte David das Autofenster auf, aber er konnte nichts hören. Leoš sagte, er solle es lieber zumachen, und während David langsam das Fenster hochkurbelte, fiel ihm Jarkas Heft ein. Er fand es plötzlich schade, daß er es zerrissen hatte. Er würde nachher seine Mutter fragen, ob sie gleich morgen ein neues Heft kaufen könnten.

Erst in der Nacht hörte David ein paar Schüsse. Er lag in Vaters Arbeitszimmer, weil das Kinderzimmer nach vorne hinausging, und las in dem gelben Osterinselbuch von Thor Heyerdahl, das er während der Ferien kein einziges Mal angerührt hatte. Als es knallte, rang er kurz mit sich und den Warnungen seiner Mutter, und nachdem die Neugier seinen Stolz besiegt hatte, sprang er auf und rannte ins Kinderzimmer. Aber die Straße war menschenleer und ruhig. Die Schießerei hatte wieder aufgehört, nur von nebenan, aus dem Schlafzimmer, hörte er die Stimmen von Leoš und seiner Mutter. Er setzte sich auf die Fensterbank und wartete. Das orangefarbene Licht der Straßenlaternen senkte sich sanft aufs Trottoir und auf die wenigen mit Planen abgedeckten Autos, die vor ihrem Haus parkten.

Nach einer Weile drehte David sich um und sah ins Zimmer. Er erkannte im nächtlichen Zwielicht sein Bett, auf dem Decke, Kissen und Laken fehlten. Auch das Bett seiner Schwester gleich daneben war ganz kahl, nur die abgezogene Decke lag über der Stange des Bettgestells. David sah sich in Ruhe weiter um, er betrachtete das Klavier, die Bücherregale, die große Spielzeugkiste neben der Tür und die Picassoreproduktion über dem Schreibtisch. Als er fertig war, blieb er noch einen Augenblick auf der Fensterbank sitzen, aber die Soldaten hatten wohl keine Lust mehr zu schießen, und so ging er wieder ins Bett. Einen Krieg, dachte er, bevor er die Augen schloß, hatte er sich immer ganz anders vorgestellt. Einen Krieg überstand man ja wie nichts.

# Zwei

# Der echte Liebermann

## I

Eines Tages tauchte Henry Halperin mit seinem Bild auch bei mir auf. Die ganze Stadt redete schon von Henrys Bild, einem angeblichen Liebermann, den er seit Wochen zu verkaufen versuchte. Er war mit dem Preis ziemlich heruntergegangen, hatte aber noch immer keinen gefunden, der das Bild genommen hätte – wahrscheinlich auch deshalb, weil er sich bis dahin nicht gerade als Kunsthändler einen Namen gemacht hatte.

Ich sah Henry an, daß es ihm schlecht ging. Sein schmales Gesicht war von oben nach unten von zwei Furchen durchzogen, seine Bewegungen waren langsam und fahrig, und ich glaube, er roch nach Alkohol. Er hatte Mühe, das Bild zu tragen, und kaum war er eingetreten, stellte er es mit einem leisen Seufzer im Flur ab. Er lehnte es gegen die Wand und schaute mich verlegen an. Für einen Moment tat er mir leid, aber dann erinnerte ich mich daran, wie unfreundlich und rücksichtslos er manchmal sein konnte. Vor allem, wenn es spät wurde im Tresznjewski, merkte man, daß seine zuvorkommende Art und sein angestaubter Brooks-Brothers-Stil nur eine dünne Fassade bildeten – und daß sich hinter dem Henry, der nie als erster durch eine Tür gegangen wäre oder in Gesprächen auf einer eigenen Meinung bestanden hätte, noch immer jener Henry verbarg, der die ersten fünfzehn Jahre seines Lebens in der Bar seines Vaters mit Animierdamen, Zuhältern und abgebrühten Ex-Kazettniks verbracht hatte, ein moderner Wilder, der schmutzig redete, Frauen verachtete und nach dem fünften Weißwein seinen besten Freunden wegen einer Nichtigkeit den sechsten ins Gesicht kippte.

»Wenn du willst«, sagte er, »kannst du das Bild ein paar Tage behalten.«

»Ich weiß gar nicht, ob ich es mir leisten kann«, entgegnete ich.

»Natürlich«, sagte er leise, »kein Thema.«

»Aber warum soll ich dann überhaupt –«

»Vielleicht magst du es trotzdem. Und vor allem« – er kicherte und sprach noch leiser als vorher – »vor allem sparst du dir so ein paar Reisen in die Schweiz. *Capisci*?«

»Gut«, sagte ich, »laß es da. Reicht es, wenn du morgen Bescheid weißt?«

»Kann ich hier rauchen?« sagte er.

»Wir können uns auch ins Wohnzimmer setzen.«

»Ja, warum nicht.«

## 2

Kennengelernt hatte ich Henry zwanzig Jahre vorher in der Staatsbibliothek. Egal, wann ich morgens kam – er war schon da. Er saß gleich vorne links beim Eingang, am Fenster. Ich erkannte ihn daran, daß er beim Schreiben die rechte Schulter so weit hochzog, daß man dachte, er könnte sie sich verrenken. Er war überhaupt sehr steif und angespannt, und das hatte vielleicht auch damit zu tun, daß er, der Autodidakt, sich unter uns Studenten nicht sehr wohl fühlte. Er sprach nicht darüber, war aber sonst sehr offen, und so erfuhr ich von ihm, daß er in Leeds auf einer sehr teuren Jeschiwa gewesen war – Schläfenlocken und Zitzes im Preis inbegriffen –, von der er wegen zwanzig Gramm Haschisch und einer schwarzen Freundin geworfen wurde. Die Jahre darauf verbrachte er in Italien und L. A., und nachdem er seinen zweiten Ford Mustang gegen einen Ampelmast gefahren hatte, sagten seine Eltern, jetzt sei es für ihn an der Zeit, selbst Geld zu verdienen. Also machte er in München in der Schillerstraße eine Bar auf, später kam noch eine in Augsburg dazu. Warum er die Bars plötzlich wieder verkaufte und beschloß, Filme zu machen, ist mir ein Rätsel, denn einen so unmusischen Menschen wie ihn habe ich selten getroffen. Als wir uns das erste Mal in der Staatsbibliothek unterhielten, arbeitete er seit über einem Jahr an seinem ersten Drehbuch, das bis heute nicht verfilmt ist. Es hieß *Die Brüder Geduldig* und sollte eine Art jüdischer *Pate* im Nachkriegsdeutschland werden.

Ich habe damals Henrys Drehbuch, für das er offenbar fast eins zu eins die Geschichte seiner Familie verwendet hatte, nicht gelesen. Es hätte mich interessiert, aber ich wollte so wenig wie möglich in seine Welt hineingezogen werden. Ich fand, er redete sowieso schon zuviel von sich. Seine Offenheit kam mir wie eine Falle vor, ohne daß ich gewußt hätte, was er mit einer Beute wie mir anfangen würde. Ehrlich gesagt, ich hatte ein wenig Angst vor ihm – vielleicht, weil er zehn Jahre älter war, vielleicht aber auch, weil ich ihm das Mafioso-

Söhnchen, das er spielte, wirklich abnahm. Als er mich einmal zu sich nach Hause zum Essen einlud, hatte ich nicht den Mut, nein zu sagen – aber hingegangen bin ich auch nicht. Noch Tage später habe ich in der Bibliothek einen Bogen um ihn gemacht, weil ich dachte, einer wie er würde sich vor Wut nicht kontrollieren können. Natürlich blieb er friedlich, und irgendwann saßen wir wieder mit den anderen in der Cafeteria an einem Tisch.

Wäre ich mutiger gewesen, hätte ich bestimmt früher oder später von Henry auch die merkwürdige Geschichte seines Vaters gehört. Oder ich hätte sie in seinem Drehbuch nachgelesen. So aber entdeckte ich erst in den Semesterferien, als ich meinen Bruder in Israel besuchte, in der *Jerusalem Post* einen langen Artikel über einen gewissen Dudek Halperin, der Holocaust-Veteranen um ihre Wiedergutmachung betrogen hatte und dafür in den USA vor Gericht stand. Dieser Mann war nur ein paar Jahre vorher aus Deutschland nach New York gekommen, hatte selbst eine längere KZ-Tour hinter sich und schien der Teufel in Person zu sein. »Ich war immer auf der Seite der Arier«, hatte er in seinem eigenen Antrag auf Wiedergutmachung geschrieben, »weil die Juden alle weggebracht wurden.«

In Auschwitz arbeitete Dudek Halperin in der Küche des Offizierskasinos, in Groß-Rosen war er der persönliche Sklave des Lagerkommandanten, der ihm für seine Dienste Stiefel und eine dicke Winterjacke schenkte. Als alles vorbei war, ging er nach München, wo er mit seiner Frau ein als Varieté getarntes Bordell für amerikanische Soldaten aufmachte, die am nächsten Morgen regelmäßig mit gräßlichen Kopfschmerzen und ohne ihre Brieftasche aufwachten. Mit der Sache kam er noch irgendwie davon. Später wurde er aber wegen einiger – oft ziemlich skurriler – Vergehen verurteilt. Er schmuggelte Lederjacken und veraltete deutsche Schulbücher nach Polen; er trat in die Münchener CSU ein und versuchte, mit Geschenken und Bestechungsgeldern politische Karriere zu machen; er zeigte kommunistische Propagandafilme im Royal-Palast am Goetheplatz, der ihm ein halbes Jahr lang gehörte; er nahm Geld von Überlebenden für die Pflege ihrer Familiengräber in Polen, erledigte aber nicht die versprochene Arbeit; er verkaufte an reiche Japaner Bilder deutscher Expressionisten, von denen noch nie jemand gehört hatte. Kaum war Dudek Halperin zusammen mit seinem Vorstrafenregister, das er bei der Einreise natürlich verschwieg, in New York angekommen, eröffnete er am Ocean Parkway ein Büro zum Eintreiben von Wiedergutmachungsgeldern. Er rannte Tag und Nacht durch Brighton Beach, fiel über jeden alten Juden her, den er traf, überredete ihn, ihm einen Auftrag zu geben – und behielt, wenn die Überweisung aus Deutschland kam, neunzig Prozent von hundert.

Ich weiß nicht warum, aber mir war sofort klar, daß Dudek Henrys Vater sein mußte. Doch als wir uns im Herbst in der Bibliothek wiedersahen, sprach ich ihn nicht darauf an. Genauso hätte ich ihn fragen können, ob sein Vater ein Mörder war oder ob er es mit kleinen Mädchen trieb – denn zu der Zeit waren jüdische Gangster in Deutschland einfach kein Thema, schon gar nicht solche, die Hitlers Geschäft auf ihre Art weiterführten.

Also tat ich, als wisse ich von nichts, schaute ihn aber in unbeobachteten Momenten lange und durchdringend an und dachte: So sieht der Sohn eines Mannes aus, der als Jude andere Juden bestiehlt. Und natürlich schloß ich dabei vom Vater irgendwie auf den Sohn.

## 3

Henrys Bild blieb länger bei mir, als wir verabredet hatten. Als ich ihn am nächsten Tag im Büro anrief, meinte seine Sekretärin, Henry sei nach L. A. geflogen. Ein großes Studio, dessen Namen sie nicht verraten dürfe, habe sich gemeldet, und er habe ihr gesagt, er hoffe, sie könnten schon nächstes Jahr anfangen zu drehen. Es ging, das wußte ich, immer noch um *Die Brüder Geduldig*.

Ich hatte das Bild gar nicht erst ausgepackt. Ich wollte es nicht haben, aber ich hatte mich nicht getraut, es Henry zu sagen. Und vielleicht wollte ich auch nur so tun, als versuchte ich ernsthaft, ihm zu helfen; als sei allein das Nachdenken darüber, ob ich einen wahrscheinlich falschen Liebermann für ein paar hunderttausend Mark kaufen möchte, die ich nicht hatte, bereits ein Akt menschlicher Anteilnahme.

Nach ein paar Tagen wurde ich dennoch neugierig. Ich zog vorsichtig das braune Klebeband ab, damit ich das Bild gleich wieder einpacken konnte, schlug die Plastikfolie auf – und war hingerissen. Ich war mir sicher, ich würde das Bild furchtbar finden, denn ich war einmal kurz mit einer ziemlich unerträglichen jüdischen Prinzessin zusammen gewesen, deren Eltern gleich nach dem Krieg angefangen hatten, Liebermann zu sammeln, und ich haßte – vielleicht nur wegen ihrer Tochter – jedes der dunklen, altmodischen Bilder, die bei ihnen im Wohnzimmer hingen.

Dieses Bild war aber anders. Ich stellte es sofort auf das kleine Bücherregal gegenüber von meinem Schreibtisch, damit ich es bei der Arbeit anschauen konnte, und obwohl der Gedanke absurd war, überlegte ich tagelang, ob ich es mir nicht doch kaufen sollte. Das Geld, dachte ich, würde schließlich nicht verlorengehen, wenn ich es in einen so bekannten Maler investierte, am Ende würde ich daran noch verdienen. Ich wollte schon meine Eltern fragen, ob sie mir etwas dazugeben würden, aber dann fiel mir wieder ein, daß das Bild von Henry Halperin stammte, dem Sohn von Dudek Halperin, und daß man mit Leuten wie ihnen besser keine Geschäfte machte. Darum beschloß ich, mich daran nur so lange wie möglich zu freuen, und ich hoffte, Henry sei vielleicht für immer verschwunden.

## 4

Ein paar Wochen später war Henry wieder da. Ich traf ihn in der Praxis von Hermann Siss, dem beliebtesten jüdischen Internisten Münchens. Hermann konnte, wenn er einem Patienten eine dramatische Diagnose mitteilte, selbst fast in Tränen ausbrechen – und ein guter Arzt war er auch. Außerdem war seine Praxis immer voller Skulpturen, Bilder und Videoinstallationen, und man freute sich darauf, bei ihm im Wartezimmer zu sitzen.

Henry sah nicht viel besser aus als beim letzten Mal. Er war zwar braungebrannt, hatte aber noch mehr abgenommen, und seine Hände zitterten leicht. Die Augen – sonst auch in den Augenblicken größter Erschöpfung klar und lebhaft – waren matt und leer.

»Wie war's in L. A.?« sagte ich leise. Ich war enttäuscht, ihn zu sehen, aber ich konnte ihn schlecht ignorieren.

»Gut«, antwortete er noch leiser und wandte den Blick von der großen Bildschirmwand ab, auf der abwechselnd die Worte »Herz« und »Tod« aufleuchteten.

»Klappt alles?«

»Ja.«

»Das freut mich.«

Ich sah an ihm vorbei und entdeckte, daß neben seinem Stuhl ein großes Bild an der Wand lehnte, eingepackt in die gleiche gelbe Plastikfolie wie neulich der Liebermann.

»Jetzt ist ja schon fast alles erledigt«, sagte er.

»Das ging aber schnell.«

»Manche Dinge können nicht schnell genug gehen.«

»Das ist wirklich großartig«, sagte ich. »Du hast ja so lange darauf gewartet ...«

Er sah mich erstaunt an und schwieg. »Vielleicht muß ich noch einmal rüberfliegen zu Schloschim«, sagte er schließlich.

»Was? Ich dachte, du warst wegen deinem Film dort.«

»Ja, war ich. Aber daraus ist nichts geworden. *Che schifo*. Zumindest war ich schon drüben, als es passiert ist.«

»Aber ... wer ist denn gestorben?«

»Mein Vater.«

»Oh Gott. Entschuldige.«

»Konntest du ja nicht wissen.«

»Das ist wirklich sehr traurig.«

»Ja. Er war erst seit einem Jahr wieder draußen.« Henry griff hinter sich und klopfte mit dem angewinkelten Zeigefinger gegen das Bild, das hinter ihm stand. »Zumindest hat er mir ein paar schöne Abschiedsgeschenke dagelassen«, sagte er, und für eine Sekunde belebte ein Lächeln sein müdes Gesicht.

»Ist das auch ein ... Liebermann?«

»Nein«, sagte er, »viel besser!«

»Wir müssen noch –«

»Henry Halperin, bitte«, erklang in diesem Moment die Stimme des Doktors aus dem Lautsprecher.

Ohne sich zu verabschieden, stand Henry sofort auf, nahm das Bild und ging zum Sprechzimmer. Erst in der Tür – während der Doktor und ich uns mit einem Kopfnicken begrüßten – drehte er sich um und zwinkerte mir ganz unangenehm zu, als wären wir beide Komplizen.

## 5

Henry und ich hatten inzwischen öfter über seinen Vater gesprochen – das erste Mal bei diesem Mittagessen im Café Schwabing, an das ich mich auch deshalb so gut erinnere, weil mein Steak auf der unteren Seite schon etwas grün war und ich das erst merkte, nachdem ich die Hälfte gegessen hatte.

Kurz vor unserem Treffen war mein erstes Buch erschienen. Henry, den ich seit unseren Bibliothekstagen nicht mehr gesehen hatte, rief mich an und sagte, er wolle mich zum Essen einladen. Er war sehr aufgeregt, und ich bin mir sicher, daß er während des Telefonats auf englisch »Let's have lunch togther!« gesagt hatte. Weil damals alle um mich herum wegen meines plötzlichen Erfolgs etwas seltsam waren, fand ich das auch nicht mehr besonders bemerkenswert.

Henry kam schnell zur Sache. Er wollte die Filmrechte an meinem Buch kaufen, und als ich ihn fragte, mit wieviel Geld ich rechnen könne, antwortete er nicht und begann statt dessen, mir mal wieder von den *Brüdern Geduldig* zu erzählen. Die meisten Produzenten, denen er das Drehbuch gezeigt hatte, schickten ihm kommentarlose Absagen und wollten hinterher nichts mehr mit ihm zu tun haben. Sie wichen ihm bei Empfängen aus, und wenn er sie zufällig auf der Straße traf, grüßten sie ihn so knapp und verschreckt, als sei es gefährlich, mit jemandem wie ihm gesehen zu werden. Nur einer hatte ihm zu dem Skript etwas gesagt, er meinte, Henry solle an seiner Rechtschreibung arbeiten. Als

Henry ihn ernsthaft gefragt hatte, ob Schreibfehler ein ausreichender Grund dafür seien, ihn zum Aussätzigen zu machen, hatte der andere – ein großer, grauhaariger Deutscher mit manikürten Händen und nervösem Tick – von oben auf ihn heruntergeschaut und gesagt, nein, mit Orthographie habe das gar nichts zu tun. Dann hatte er so stark mit der Schulter und dem Arm gezuckt, daß Henry dachte, er würde gleich noch eine von ihm fangen.

Ähnlich unangenehm war die Begegnung mit einem Redakteur vom Bayerischen Rundfunk im obersten Stockwerk des Funkhauses in der Arnulfstraße gewesen. Der hatte Henry eine Stunde lang nichts zum Trinken angeboten, hörte dafür aber nicht auf, von seinem Vater zu erzählen, der für den Generalgouverneur von Polen, Hans Frank, dessen berühmte Kunstsammlung zusammengeraubt hatte. Er würde, sagte dieser alte 68er, der immer noch Pfeife rauchte, aber inzwischen Allen-Edmonds-Schuhe trug, auch gern etwas darüber machen, daß vieles ganz anders war, als sich das die professionellen Vergangenheitsbewältiger und Philosemiten zurechtdichteten, aber einer wie Henry wisse doch, wie das sei mit der Wahrheit in der Bundesrepublik.

»Ist der Typ ein Nazi?« sagte Henry zu mir. »Oder bin ich einer? Ich verstehe das nicht. Bist du ein Nazi?«

»Natürlich nicht.«

»Genau. Und darum kommst du an mit deinem Buch. Was hast du anders gemacht als ich?«

Wir schwiegen und sahen beide nach draußen. Die Straßenbahn, die gerade vorbeifuhr, schien jeden Augenblick die Eckfenster des Cafés zu streifen, so nah führten die Gleise in der Kurve am Haus vorbei. Während wir der Tram hinterherschauten, fiel mir zum ersten Mal ein, daß ich ohne Henry vielleicht nie auf die Idee gekommen wäre, mein Buch zu schreiben. Ich hatte mir seinen Traum von einem jüdischen Gangsterepos erfüllt, und ich hatte es nicht einmal gemerkt. Sollte ich mich jetzt bei ihm entschuldigen? Sollte ich ihm – als Wiedergutmachung – meine Filmrechte verkaufen? Sollte ich sie ihm schenken?

»Mein Vater«, sagte Henry, »hatte recht.«

»Ja?« sagte ich leicht abwesend. »Womit hatte dein Vater recht?«

»Die Gojim wollen mit uns immer nur *ihre* Geschäfte machen, hat er gesagt, aber wir sollen bloß nicht versuchen, mit ihnen unsere Geschäfte zu machen.«

»Ja«, sagte ich, »das stimmt wahrscheinlich.«

»Weißt du«, sagte Henry plötzlich, »daß mein Vater im Gefängnis sitzt?«

Ich schüttelte eine Sekunde zu spät den Kopf.

»Ach, komm«, sagte er, »alle wissen das.«

»Nein, wirklich nicht.«

»Er hat acht Jahre bekommen.« Er blickte mich scharf an und sagte streng: »Meinst du, ich komme auch noch in den Knast?«

»Warum solltest du?«

»Bei uns in der Familie ist bis jetzt fast jeder ins Gefängnis gekommen.«

»Ja?«

»Ja ...«

Er hielt mir seine Schachtel Chesterfield's hin.

»Nein, danke«, sagte ich, »ich hab' aufgehört.«

Wieder dieser stechende Blick. »Nimm«, sagte er.

Ich nahm eine und dachte, ich will sofort weg hier.

»Nein«, sagte er, »ich komme nicht in den Knast. Das schwöre ich dir!«

»Nein, natürlich nicht.«

»Sollen wir noch etwas trinken?«

»Jetzt?«

»Ja. Jetzt!«

Das Essen und die zwei Flaschen Wein hatte am Ende ich bezahlt. Henry war schnell betrunken gewesen, er kippte den Wein in sich hinein wie Limonade, und als die Rechnung kam, konnte er seine Brieftasche nicht finden. Ich mußte ihm meine Kontonummer und die Summe aufschreiben, die er mir schuldete, und eine Woche später war das Geld auf meinem Konto.

Als wir uns schließlich – es war fast Abend geworden – vor dem Café Schwabing verabschiedeten, fiel mir ein, daß wir gar nicht mehr über die Sache mit den Filmrechten geredet hatten. Wir hatten noch über alles mögliche geredet – über Henrys Schulden und seinen Plan, sich mit einer Bibel-Quizshow fürs Schulfernsehen zu sanieren; über seine holländische Freundin Erika, mit der er zwei Söhne und ständig Streit wegen der Erziehung hatte; über Henrys Traum, einmal für ein ganzes Jahr alles hinter sich zu lassen und in einem Kibbuz zu verschwinden; und noch mehr über Dudek, der in Sing-Sing oder Alcatraz oder wo immer die Idee eines privat geführten Gefängnisses entwickelt hatte und von der

Zelle aus bereits über seinen Anwalt nach Geldgebern suchte. Über all das hatten wir gesprochen, nur über die Filmrechte nicht, und während wir uns nun draußen die Hände schüttelten, zögerte ich kurz, sagte aber nichts. Henry schwieg auch, und er hat mich seitdem nie wieder auf dieses Thema angesprochen.

## 6

Zwei, vielleicht auch drei Monate vergingen, nachdem ich Henry in der Praxis von Hermann Siss getroffen hatte. Er hatte sich danach kein einziges Mal bei mir gemeldet, und im Tresznjewski tauchte er auch nicht mehr auf. Offenbar war er aber noch da, denn ich hörte ab und zu von jemandem, er habe ihn irgendwo in der Stadt gesehen.

Daß Henry nicht ins Tresznjewski kam, hatte einen einfachen Grund: Seit Jahren ließ er dort anschreiben, und inzwischen lagen seine Schulden bei fast fünftausend Mark. Das war eine verrückte Summe – und sie stimmte nicht wirklich. Immer wenn Henry nach Hause ging, hielt ihm einer der Kellner ein kleines schwarzes Buch hin, und Henry unterschrieb, ohne hinzusehen. Um die Uhrzeit war er meistens so verwirrt, daß er seine eigene Entmündigungsurkunde unterschrieben hätte; es war ein Wunder, daß er es schaffte, am nächsten Morgen ordentlich rasiert und klar im Kopf im Büro zu erscheinen.

Jeder wußte von Henrys Tresznjewski-Schulden, und wenn uns gar nichts mehr einfiel, redeten wir über ihn und das viele Geld. Ich glaube, die meisten von uns bewunderten ihn dafür. Ein richtiger Mann hatte erstens Schulden – und zweitens nicht bei der Bank oder bei einem Möbelhaus, sondern in einer Bar. Manche machten sich auch Sorgen um Henry, und als der Vorschlag kam, für ihn zu sammeln, gab es kaum jemanden, der nichts dazugegeben hätte. Ich weiß noch genau, wie wir eines Abends alle zusammen in die Küche marschierten, um dem Wirt einen dicken DIN-A5-Umschlag zu überreichen, und wie der uns den Umschlag zurückgab, als er merkte, was drin war. Ob wir nicht wüßten, fragte er uns ein wenig verächtlich, daß Henry vor Wochen seine Schulden bezahlt hätte. Wir schüttelten alle erstaunt den Kopf. Dann zeigte er uns eine Postkarte mit einem großen weißen Schloß darauf. Die Postkarte war von Henry, und das Schloß war eine Klinik für Suchtkranke am Bodensee, aber natürlich keine, die einem die AOK bezahlen würde. »*Tutto perfetto!*« – das war das einzige, was Henry auf die Postkarte geschrieben hatte, daneben hatte er ein Weinglas gemalt und durchgestrichen, und es gab auch eine kleine obszöne Zeichnung, die offenbar Henrys wiedergekehrte Potenz symbolisieren sollte.

Die meisten von uns freuten sich für Henry und waren gleichzeitig froh, ihr Geld behalten zu können. Aber irgendwie schämten wir uns auch. Wieso hatten wir das alles nicht gewußt? Warum hatte keiner einmal Henry angerufen und ihn gefragt, wie es ihm ging? Wir saßen an diesem Abend noch ziemlich lange zusammen, redeten aber nicht viel, und als ich später durch die milde Sommernacht allein nach Hause ging, kamen mir fast die Tränen. Ich war so traurig wie lange nicht mehr, und diese Traurigkeit hatte nichts mit Henry zu tun. Ich fand das Leben plötzlich so schrecklich sinnlos, aber auch schön.

## 7

Eines Tages hängte ich Henrys Bild einfach auf. Das war während seiner Entziehungskur, als ich nicht wußte, wo er steckte, und ich dachte, so bald sähen wir uns nicht wieder. Das Bild hatte lange auf dem blauen Breuer-Regal gegenüber vom Schreibtisch gestanden, aber mit der Zeit fand ich, auf die Art komme es nicht gut zur Geltung. Also nahm ich zur Probe das alte tschechische Filmplakat ab, und kaum hing der Liebermann über dem Regal, war mir klar, daß er genau dort hingehörte.

Früher, als das Bild beiläufig an die Wand gelehnt war, schaute ich es selten an. Jetzt mußte ich ständig hinsehen, und damit ich trotzdem zum Arbeiten kam, hielt ich oft den Kopf absichtlich gesenkt, auch wenn ich nur nachdachte oder trödelte. Jeder Blick, den ich mir dennoch erlaubte, war um so aufregender und kostbarer. Und so wie man sich in einen Menschen verlieben kann, so war ich von dem Bild bald vollkommen eingenommen. Ich dachte vor dem Einschlafen daran oder wenn ich in der U-Bahn irgendwohin fuhr, und ich freute mich, es wiederzusehen. Ich fing auch an, jedem davon zu erzählen. Ich beschrieb es meinen Zuhörern, so gut ich konnte, ich erklärte ihnen, wie sehr es manchmal meine Stimmung beeinflußte, und wenn ich fertig war, sagte ich, es sei mir nicht recht, wenn andere erfahren würden, daß ich einen Liebermann hatte, also bitte zu keinem ein Wort. Und weil ich das jedem erzählte, wußten es bald alle.

Es gibt bestimmt größere Sensationen, als jemanden zu kennen, der ein Bild von Max Liebermann besitzt. Trotzdem bekam ich schnell das Gefühl, daß ich für die anderen nur noch »der« mit dem Liebermann war. Es so zu empfinden war vollkommen übertrieben. Aber etwas stimmte daran: Offenbar wußte – bis auf mich – so ungefähr jeder, was ein solches Bild tatsächlich wert war, und als ich eines Tages zum Auktionshaus Lempertz in die Briennerstraße ging und dort fragte, was ein 80 x 50 Zentimeter großes Ölbild von Max Liebermann aus den zwanziger Jahren wert sei, wußte ich es endlich auch. Das verstärkte meinen Verfolgungswahn, und ich hörte sofort auf, den Leuten von dem Bild zu erzählen.

Statt dessen beschäftigte ich mich jetzt mit der Frage, ob es überhaupt echt sei. Ich wußte nicht, was mir lieber gewesen wäre. War es falsch, würde es Henry vielleicht nie mehr zurückhaben wollen; war es echt, hätte ich im Fall irgendeines tragischen Unglücks, das ich Henry natürlich nicht wünschte und mit dem kaum zu rechnen war, einen echten Lottogewinn gezogen. Eigentlich war die Sache klar: Henry hatte das Bild – so wie das, welches er Hermann Siss verkauft hatte – von seinem Vater. Und weil der vor seinem großen Wiedergutmachungs-Bluff die Welt mit ein paar völlig unbekannten Expressionisten beglückt hatte, schien die Frage nach der Echtheit meines Liebermanns längst beantwortet. Einerseits. Andererseits konnte es rein theoretisch wirklich diese vergessenen deutschen Expressionisten gegeben haben – und eine von Dudek Halperin vor Jahren zusammengekaufte seriöse Sammlung auch.

Ich überlegte, ob ich Hermann Siss anrufen sollte. Ihn hätte ich fragen können, ob der Macke oder Grosz oder was immer Henry neulich in seine Praxis getragen hatte, in Ordnung sei – hätte er ja gesagt, wäre es mein Liebermann auch. Oder auch nicht. Am Ende ließ ich den Anruf sein und ging in die Staatsbibliothek, wo ich mir in der Schnellausleihe alles bestellte, was es zu Liebermann gab. Einen ganzen Tag saß ich – das erste Mal nach über zwanzig Jahren – wieder dort, und kurz bevor der Lesesaal zugemacht wurde, fand ich, was ich gesucht hatte, jedenfalls fast. Ich fotokopierte schnell die entscheidende Seite und machte mich auf den Weg in die Ainmillerstraße.

## 8

In der Ainmillerstraße, in einem Hinterhof, wohnte Franz, ein sehr guter Freund von Henry, mit dem ich manchmal auch im Adria saß. Franz hatte früher Tag und Nacht gemalt, aber nachdem er sich mit allen Galeristen Münchens zerstritten hatte, ließ er sich Dreadlocks wachsen, rauchte fünf Joints am Tag und machte seine Arbeit nur noch im Kopf. Es war irgendwas mit Zahlen und Logarithmen – und es war entweder absolut genial und künstlerisch seiner Zeit weit voraus oder der Anfang eines langsamen Abschieds von der Wirklichkeit.

Keiner wußte, wovon Franz lebte. Er hatte das Erbe seiner Mutter aufgebraucht, die in Straubing eine Metzgerei gehabt hatte, und mit den paar Büchern, die er den Händlern vor der Mensa in der Ludwigstraße abkaufte, um sie ein bißchen teurer in den Antiquariaten in der Schellingstraße loszuwerden, machte er keine großen Gewinne. Viele waren der Meinung, Franz sei in der letzten Zeit so dünn geworden, weil er kaum noch Geld fürs Essen hatte, und die Dreadlocks trage er nicht aus spirituellen Gründen, sondern um sich den Friseur zu sparen. Auch wenn das nicht stimmte – er machte tatsächlich den Eindruck eines allmählich verarmenden Menschen, mit den immer gleichen Kleidern, die er trug, mit seiner ungesunden, fahlen Gesichtsfarbe.

Als Franz mir die Tür öffnete, fragte ich mich kurz, ob er das wirklich sei. Er hatte sich die Haare geschnitten, er hatte eine neue Jeans an und ein Ralph-Lauren-Hemd, das so frisch gebügelt aussah, als habe er es eben aus der Verpackung herausgenommen; und so wie er nach jedem zweiten Satz lächelte, hatte ich ihn seit Jahren nicht mehr lächeln gesehen. Ich war derart überrascht, daß ich ihn gar nicht fragte, wie es ihm ging, sondern gleich sagte, er müsse mitkommen, ich hätte ein Problem. Ob es möglich sei, fuhr ich schnell fort, daß ein Maler von einem Bild zwei fast identische Varianten gemacht habe? Und wenn nicht, ob eine von beiden garantiert eine Fälschung sei? Das käme darauf an, sagte er lächelnd, das müßte man sehen, aber er könne jetzt nicht weg, er warte auf seinen Galeristen. Und wieder lächelte er. Auf seinen Galeristen? dachte ich erstaunt, aber ich sagte nichts. Statt dessen zeigte ich ihm die Fotokopie, die ich in der Bibliothek gemacht hatte, und murmelte: »Um dieses Bild geht's. Kannst du darauf etwas erkennen?«

»Nein, tut mir leid«, erwiderte er knapp, und plötzlich lächelte er nicht mehr. »Außerdem, man muß es vergleichen. Und man muß das Original sehen.«

»Kannst du morgen zu mir kommen«, fragte ich, »gleich morgen früh – ja?«

»Ich versuch's«, sagte er und schob mich zur Tür hinaus.

Am nächsten Morgen wartete ich umsonst. Nach einer Weile fing ich selbst an, das Bild aus der Liebermann-Monographie mit meinem zu vergleichen. Es hieß *Junge im Matrosenanzug*, und genau das hatte jemand auf die Rückseite der Leinwand meines Bildes in großen Druckbuchstaben gepinselt. Die Unterschriften rechts unten glichen sich aufs Haar; die Maße – das konnte ich leicht nachprüfen – waren zwar nicht ganz dieselben, aber das schien mir eher ein gutes Zeichen zu sein.

Ich legte gerade den Zollstock auf den Tisch, lehnte mich zurück und hielt, während ich ein Auge zukniff, die Fotokopie neben das Bild an der Wand, als ich alles begriff. Natürlich: Franzens neuer Galerist hieß Henry – und die Bilder, die er für ihn malte, waren viel mehr wert, als seine eigenen es je sein würden. Der tote Dudek hatte mit alldem nichts zu tun.

## 9

Henrys Söhne sahen, trotz ihres Altersunterschieds, fast wie Zwillinge aus: Sie waren blond, hatten mehlweiße Haut und betretene, seltsam ausdruckslose Gesichter. Sie wirkten auf mich völlig unjüdisch, und bestimmt hatte das damit zu tun, daß ihre Mutter sonntags mit ihnen in die Kirche ging und daß sie sich vor dem Essen immer bei den Händen nehmen und das Tischgebet aufsagen mußten.

Henry mußte zwar nicht mit in die Kirche, aber um das Tischgebet kam er nicht herum. Natürlich gefiel ihm das nicht, aber was sollte er machen. Sollte er anfangen, Freitag abend Schabbatkerzen anzuzünden? Sollte er die Feiertage einhalten und mit Erika und den Jungen an Pessach regelmäßig nach Israel fliegen? Er konnte keine einzige Bracha, er sprach nicht Hebräisch, und in Israel war er noch nie gewesen. Seine jüdische Erziehung, wenn er überhaupt eine gehabt hatte, war ihm in England in der Jeschiwa für alle Zeiten ausgetrieben worden. Er gehörte eher zu denen, die sich bei Namen von Nobelpreisträgern und Filmstars laut fragten, ob sie jüdisch klangen oder nicht. Klar, er hätte – statt aus der Thora – jeden Samstag mit seinen Söhnen einen Abschnitt aus seinem Drehbuch lesen können. Aber daß die Lektüre der *Brüder Geduldig* ihnen das richtige Bild vom Judentum vermitteln würde, bezweifelte sicherlich auch er.

Vielleicht hatte Henry darum eines Tages den Mut gefaßt, mit Tom und Julian in die Synagoge zu gehen, und Erika kam sogar mit. Das konnte natürlich ein Zeichen ihrer Toleranz sein – möglich war aber auch, daß sie aufpassen wollte. Sie saß oben auf der Galerie in der ersten Reihe, trug ein viel zu weißes, glänzendes Kopftuch und überragte alle anderen Frauen.

Es war Rosch-ha-Schana, und Henry und ich hatten uns seit einem halben Jahr nicht mehr gesehen. Ich freute mich, daß er da war, und er freute sich auch, mich zu treffen. Die Jungen saßen am Anfang ruhig auf den Plätzen neben uns, drehten nur ab und zu verwundert die Köpfe hin und her. Als sie sahen, daß die anderen Kinder ständig raus und rein liefen oder vorne beim Kantor spielten, fragten sie Henry, ob sie auch spielen gehen dürften. Er nickte, so wie nur die Söhne der besonders gefürchteten Paten nicken können, und kaum waren sie weg, lächelte er versonnen und sagte: »Das wird noch, du wirst sehen.«

Ich wußte sofort, was er meinte. Er war nicht der einzige jüdische Vater von nichtjüdischen Kindern, der hoffte, sie würden eines Tages von allein anfangen, die richtigen Fragen zu stellen – und wie fast jeder dieser armen Kerle täuschte er sich.

»Klar«, sagte ich, und ich versuchte, genauso zu nikken, wie er gerade genickt hatte. »Und sonst?«

»Gut. Sehr gut. Alles *bene*«, sagte er.

»Okay«, sagte ich.

»Ja, es könnte wirklich schlimmer sein.«

Die Entziehungskur schien Henry gutgetan zu haben. Seine Hände zitterten nicht mehr, er hatte wieder diesen festen, oft überraschend kalten Blick, und sogar die zwei langen Falten waren aus seinem Gesicht verschwunden.

»Es ist eine Katastrophe«, sagte er plötzlich. Er sagte es viel zu laut, und die zwei alten Männer in der Reihe vor uns drehten sich erbost nach uns um. Einer von ihnen klopfte tadelnd mit der Faust gegen unser Pult, dann musterte er Henry eine Sekunde zu lang. Er flüsterte dem andern etwas zu, worauf sich der auch kurz nach Henry umdreht.

»Was ist passiert?« sagte ich.

Aber Henry hörte mir nicht mehr zu. Er starrte auf die braungebrannten, dünnbehaarten Hinterköpfe der beiden Alten, und auf einmal begann er – zweifellos vor Wut – zu zittern. Dann packte er mich am Ellbogen und drückte so fest zu, daß es weh tat. »Ich werde nie wieder herkommen!« sagte er. »Nie wieder.«

»Ist doch egal«, sagte ich, »die reden ja auch die ganze Zeit.«

»Nein«, sagte er, »das ist es nicht. Es ist wegen meinem Vater. Was kann ich für meinen Vater?!«

In dem Moment standen alle auf und begannen laut zu beten. Wir standen auch auf und sahen stumm nach vorne. Zwei andere Alte, die genauso aussahen wie unsere beiden, halfen dem Rabbiner die Thorarollen aus dem Schrank herauszunehmen, sie trugen sie schwankend einmal durch die Reihen und schlossen sie wieder ein.

Wir setzten uns.

»Was für eine Katastrophe ist denn passiert?« sagte ich.

»Er ist wieder aufgetaucht.«

»Wer?«

»Mein Vater.«

»Dein Vater?«

»Ja. Dieser Meschuggene –«

Plötzlich hörten wir lautes Kinderweinen. Wir drehten uns, so wie alle, sofort um, und da kam auch schon Tom, der ältere von Henrys Söhnen, mit Tränen in den Augen angelaufen. Er warf sich in Henrys Arme, und der hob diesen großen, dicken Jungen mit einer Leichtigkeit hoch, als sei er aus Papier. Tom preßte sein Gesicht gegen Henrys Schulter und stammelte undeutlich immer wieder dieselben Worte, die ich nicht verstand.

»Ja, mein Großer… Ja, natürlich, ja«, sagte Henry und streichelte ihm über den Kopf, und zwischendrin streichelte er Julian, der auch wieder da war. Er weinte zwar nicht, aber sein Konfirmanden-Gesicht war rot vor Erregung.

»Was ist los?« sagte ich.

»Diese kleinen jüdischen Bestien«, zischte Henry mir zu, »wirklich, genauso wie ihre Eltern.« Dann marschierte er, Tom in den Armen haltend, hinaus, und Julian mußte laufen, um mit ihm Schritt halten zu können. Als er fast draußen war, sah er nach oben zur Galerie, und nachdem er mit Erika Augenkontakt aufgenommen hatte, nickte er ihr – schon wieder so knapp und männlich – zu. Sie nickte auch, aber es war ein anderes Nicken. Es bedeutete: »Habe ich es dir nicht gesagt?« Sie nahm, noch im Saal, ihr Tuch ab und ging ebenfalls raus.

## 10

Am nächsten Tag, morgens um halb neun, klingelte es bei mir an der Tür. Es war Henry. Er hatte mich noch nie so früh besucht, und normalerweise rief er vorher an. So durcheinander wie er wirkte, wußte ich, würde er mit mir über seinen Vater reden wollen, und ich müßte dabei eine Menge Chesterfield's mit ihm rauchen. Ich überlegte eine Sekunde, ob wir uns in die Küche oder ins Wohnzimmer setzen sollten, und als ich sagte »Laß uns ins Wohnzimmer gehen!«, bereute ich es bereits. Doch Henry beachtete mit keinem Blick seinen Liebermann, der hier – egal, ob echt oder falsch – inzwischen über dem Sofa hing, und begann sofort zu erzählen.

Was war geschehen? Ein deutscher Kameramann, der vor Jahren mit Henry den Piloten für die Bibel-Quizshow gedreht hatte und inzwischen in New York arbeitete, hatte Henry einen Artikel aus der *New York Post* geschickt. Die Überschrift lautete »Holocaust-Schwindler hinterläßt eine geheimnisvolle Spur«, und es ging darin um Henrys Vater Dudek, der offenbar doch nicht tot war und sein Ableben nur vorgetäuscht hatte. Herausgefunden hatte alles ein gewisser Sally »Shtik« Tanker, 82, dessen Name schon so klang, als würde dieser Mann wissen, wie man anderen Leuten Ärger macht. Sally war der Meinung, den Ärger habe Henrys Vater gemacht, indem er für ihn und Hunderte anderer Überlebender bei den Deutschen Wiedergutmachungsgelder beantragt, jedoch nicht an sie weitergeleitet hatte. Sally war es auch gewesen, der Dudek vor fünfzehn Jahren mit seiner Anzeige ins Gefängnis gebracht hatte. Aber das reichte ihm nicht. Er wollte endlich sein Geld haben, und Dudek war, so stand es in seinem Urteil, zu der Auszahlung verpflichtet. Doch seit seiner Entlassung aus dem Gefängnis hatte er keinem seiner alten Mandanten auch nur einen Dollar überwiesen. »Und dann« – so zitierte die *New York Post* Sally »Shtik« Tanker – »und dann ist dieser Hurensohn auch noch gestorben.« Ein paar Monate später sah Manja Greifwald, 87, eine alte Bekannte von Sally, die ebenfalls zu Dudeks Opfern zählte, Dudek wundersamerweise aus einer Bank in Queens herauskommen. Sie versperrte ihm – ich stellte mir vor, wie sie ihm dabei eine ihrer Krücken vor die Brust drückte – den Weg und kreischte: »Was ist mit dem Geld, das du mir weggenommen hast?« Worauf er sie mit einer verächtlichen Handbewegung bedachte und sagte: »Du denkst immer nur ans Geld!«

Seitdem hatte sich Sally mit derselben Verbissenheit, der er sein Überleben in den polnischen KZs verdankte, in Dudeks Fall vertieft. Dabei fand er einiges heraus: Die Sozialversicherungsnummer auf Dudeks Todesurkunde gehörte einer Abigail Helprin, 78, die zwei Tage vor Dudeks angeblichem Tod auch im Mount Sinai Hospital an Lungenentzündung gestorben war. Dudeks Alter und Beruf, die in der Todesurkunde eingetragen waren, stimmten nicht; statt seiner fast zwergwuchshaften fünf Fuß zwei wurde die Größe mit sechs Fuß angegeben; und daß auf seinem linken Unterarm die Nummer 132 230 eintätowiert war, tauchte in der Rubrik »Besondere Merkmale« nicht auf. Außerdem gab es noch die

Geschichte mit den Sozialversicherungsschecks, ausgestellt auf seinen richtigen Namen, die jemand Monate nach seinem Tod einlöste. So blieb einem Richter des New York County nichts anderes übrig, als Dudek wieder für lebendig zu erklären. Sally »Shtik« Tanker hatte es also tatsächlich geschafft, seinen alten Feind aus dem Grab herauszuzerren, um ihn weiter bekämpfen zu können. Auf die Frage der *New York Post*, warum er von Dudek nicht endlich ablasse, antwortete Sally: »Er hat mein Geld gestohlen. Was? Ich soll ihm Geschenke machen?«

## 11

Keine Ahnung, warum Henry mit seiner Geschichte ausgerechnet zu mir kam. Hielt er mich für einen guten Zuhörer? Hatte er sonst niemanden, bei dem er sich ausweinen konnte? Oder wollte er, daß ich eines Tages über seinen Vater schrieb und ihm so ein Denkmal setzte, weil es mit den *Brüdern Geduldig* nichts mehr werden würde?

Henry hatte mir immer vertraut, viel mehr als ich ihm, und das fand ich früher fast bedrohlich. Inzwischen fand ich ihn bloß noch egozentrisch. Er begann wirklich jedesmal – ohne sich vorher auch nur zum Schein ein paar Höflichkeitsfloskeln abzuringen – mit seinen Geschichten, und ich konnte mich nicht erinnern, daß er mich je gefragt hätte, wie es mir geht.

»Wie geht es dir eigentlich?« sagte er.

»Okay«, sagte ich überrascht. »Ich könnte langsam wieder heiraten.«

Henry grinste, und ich grinste auch.

»Deine letzte Frau war eine richtige *putana*«, stieß er zwischen den Zähnen hervor, als wären wir in einem Film. »Stimmt's?«

»Kann man so sagen.«

»Muß man aber nicht?«

»Doch. Muß man.«

Wir grinsten wieder, aber mein Grinsen war nicht besonders echt.

»Hat sich dein Vater bei dir gemeldet?« sagte ich ernst. »Ich meine, nach seiner Wiederauferstehung?«

Henry schüttelte den Kopf, und ich glaubte ihm sofort.

»Und«, sagte ich, »wird er sich noch melden? Was glaubst du?«

»Nur, wenn er Geld braucht.«

»Nur, wenn er Geld braucht?« wiederholte ich, weil ich nicht wußte, was ich darauf erwidern sollte. Henry hob den Blick und fixierte den Liebermann, der genau über meinem Kopf hing. Ich glaube, seine Augen wurden plötzlich feucht, aber beschwören könnte ich es nicht. Er starrte das Bild sekundenlang an, und als die Pause zu peinlich wurde, sagte ich etwas Blödsinniges wie »Und wie läuft's sonst?« oder »Keine gute Zeit für Geschäfte gerade, oder?«. Was ich wörtlich sagte, weiß ich nicht mehr. Ich erinnere mich nur an meine Nervosität, die ich auf die Art überspielen wollte, denn dies war offenbar das Ende meiner Liebermann-Romanze. Henry war gekommen, weil er sich aussprechen wollte – aber vor allem war er da, um sich das Bild zurückzuholen. Entweder er log und sein verrückter Vater saß ihm in Wahrheit längst wieder im Nacken; oder er brauchte Geld für seine ewig bankrotte Firma. Wie auch immer, er mußte endlich einen Käufer für das Bild finden, der viel Geld hatte und keine falschen Fragen stellen würde, und das war nicht ich.

»Er ist ein schöner Junge«, sagte Henry, den Blick weiter auf das Bild gerichtet, »findest du nicht?«

Ich drehte mich um und sah hoch. »Ja«, sagte ich, »das ist er.«

»Und so stark.«

»Ja.«

»Glaubst du, er hat wirklich so ausgesehen? Ich bin mir sicher, er hat so ausgesehen.«

»Wahrscheinlich schon.«

»Wie alt er jetzt wohl ist … Fünfundneunzig, achtundneunzig … Er könnte noch am Leben sein, meinst du nicht?«

»Ja. Stimmt.«

»Aber vielleicht ist er auch schon lange tot. Vielleicht haben ihm die Russen in der Ukraine den Kopf weggeschossen, oder er ist beim Baden in der Ostsee ertrunken.«

»Glaubst du«, sagte ich, »er ist ein Deutscher?«

»Natürlich«, sagte Henry. »Aber ich mag ihn trotzdem. Rauchen wir?«

»Ja, rauchen wir.«

## 12

Henry nahm an diesem Tag das Bild nicht mit. Wir saßen den ganzen Vormittag in meinem Wohnzimmer, tranken Kaffee und rauchten Zigaretten, und irgendwann erzählte er mir, daß der Junge im Matrosenanzug früher bei ihnen in der Holbeinstraße auch über dem Sofa hing. Die Wohnung, meinte er, sei voll gewesen mit schönen Bildern, aber dieses mochte er am liebsten. Manchmal stellte er, wenn er nachmittags allein zuhause war, den Fernseher aus und betrachtete das Bild stundenlang, als sei es ein besonders spannendes Programm. Als die Eltern sich scheiden ließen, war Dudek von einem Tag auf den andern nach Amerika verschwunden und hatte alle Bilder mitgenommen. Nur den Matrosenjungen hatte er Henry dagelassen, und den Rest der Sammlung sah Henry erst bei der Testamentsvollstreckung vor zwei Jahren in New York wieder.

Während Henry sprach, überlegte ich, ob er die Wahrheit sagte oder nicht, ob der Matrosenjunge also doch von Max Liebermann stammte und nicht von Franz. Ich hatte noch ein-, zweimal das Gefühl, daß er kurz davor war, zu weinen, aber vielleicht sollte ich das auch nur denken. Er tauchte, je länger wir zusammensaßen, immer tiefer in die Vergangenheit ab, er erzählte von den Brigdeabenden bei ihnen zu Hause und von Dudeks riesigen, lächerlichen, wunderschönen amerikanischen Straßenkreuzern. Im Sommer gingen Dudek und er sonntags ins Prinzregentenbad, und daran erinnerte er sich besonders gern. Sie nahmen einen Korb mit

Sandwiches, Cola und Karlsbader Oblaten mit, Dudek hatte einen von seinen Krimis dabei, und für Henry kauften sie im Kiosk in der Trogerstraße jedesmal ein neues Comic-Heft. Zum Schwimmen hatten sie beide selten Lust, die meiste Zeit verbrachten sie im Schatten auf der Liegewiese. Dudek schlief nach fünf Minuten über seinem Krimi ein, und Henry beobachtete, versteckt hinter seiner Zeitschrift, Mädchen und Frauen beim Umziehen. Oft hatte er Glück, und es rutschte einer kurz das Handtuch weg oder sie öffnete für eine Sekunde ungeschickt die Beine. Einmal hatte er aber Pech. Er hatte zu offensichtlich hingestarrt, und plötzlich stand der Mann dieser dicken, jungen Blondine, die schon seit Minuten mit ihrem Badeanzug rang, vor ihm und beschimpfte ihn. Dudek wachte sofort auf, und er begriff gleich, was los war. Er gab Henry einen kleinen Klaps auf den Kopf und sagte mit seinem jiddischen Akzent zu ihm: »Nu, entschuldige dich bei den Herrschaften!« Der Deutsche zuckte zusammen, und dann – sich jäh abwendend – zischte er laut: »Daß die immer noch da sind!« Eine Sekunde später hatte er bereits einen Tritt in die Kniebeuge bekommen. Er fiel hin, und Dudek »Auschwitz« Halperin, ungefähr halb so groß wie er, sprang ihm wie ein kleines, wildes, verrücktes Tier in den Nacken. Er trommelte mit den Fäusten auf seinen Schädel und sein Gesicht ein, und als er fertig war, badete der Oberkörper seines Gegners in Blut. Dann kam die Polizei, und Henry mußte ohne den Vater nach Hause gehen.

Ich war mir sicher, daß diese Szene in Henrys Drehbuch vorkam, wahrscheinlich war sie die wichtigste von allen. Vielleicht hätte Henry ohne sie sogar nie die Idee für seinen Film gehabt. Es fiel ihm nicht leicht, mir davon zu erzählen, und als er jetzt aufstand, merkte ich, wie erschöpft er war. Sein Nacken glänzte vor Schweiß, er wankte leicht, obwohl er gar nichts getrunken hatte. Und genauso, wie er früher immer aus dem Tresnjewski hinausgetaumelt war, ohne sich von uns zu verabschieden, lief er grußlos aus meinem Wohnzimmer. Ich war viel zu überrascht, um ihm hinterherzugehen. Ich blieb sitzen und starrte gedankenverloren den leeren Sessel an, auf dem er eben noch gesessen hatte. Aber dann tauchte Henry wieder in der Tür auf. Er wirkte normal und gefaßt, und er sagte: »Ich will, daß das Bild bei dir bleibt. Egal, was geschieht. Okay?«

Ich nickte, so wie ich es von ihm gelernt hatte, und er nickte auch und verschwand.

## 13

Zwei Jahre vergingen. In dieser Zeit passierte viel. Ich hatte wieder geheiratet und lebte inzwischen in Frankfurt. Dudek, der keine Lust hatte, wegen ein paar hunderttausend Dollar weiter Leiche zu spielen, beglich bei Sally »Shtik« Tanker und den anderen zornigen alten Juden seine Schulden und kam öfter wieder nach München. Er und Henrys Mutter hatten Frieden miteinander geschlossen; außerdem saß nun Henry im Gefängnis, und jemand mußte sich um Erika und die Jungen kümmern.

Wie Dudek das Geld für seine ehemaligen Mandanten

zusammenbekommen hatte, weiß ich nicht. Vielleicht gab es noch ein Konto in der Schweiz. Ganz bestimmt sogar. Denn wenn er gehofft hatte, er könnte von Henry seine obskure Kunstsammlung zurückfordern, um sie zu verkaufen, dann hatte er sich verrechnet. Von den Bildern, die früher in der Holbeinstraße hingen, war nichts mehr übrig. Henry hatte sie alle unter die Leute gebracht und den größten Teil des Gewinns in die *Brüder Geduldig* gesteckt.

Trotzdem war immer noch kein einziger Meter Film belichtet. Henry hatte inzwischen sein Drehbuch mehrmals von irgendwelchen deutschen Autoren umschreiben lassen, die er meist morgens um halb vier im Tresznjewski kennenlernte. Er hoffte, bei ihnen würden die Juden nicht so schlecht abschneiden wie bei ihm. Aber was sollte er mit Skripts anfangen, in denen jüdische Kleinkriminelle über Shylock und Jud Süß diskutierten oder sich nach jedem Schuß, den sie abfeuerten, vor lauter Gewissensbissen minutenlang übergaben? Ein Autor hatte vorgeschlagen, die Geduldigs in Varhagens umzubenennen, und der Kohn-Klan sollte geschlossen zum Christentum konvertieren. Henry hatte dieses Drehbuch, das er besonders furchtbar fand, zur Probe bei der bayerischen Filmförderung eingereicht. Aber nicht einmal das hatte funktioniert. Die Absage, die er bekam, wurde von der Kommission mit einem einzigen gewundenen Satz begründet: »Obwohl der Versuch, die Thematik aus einer obskuren Tabuisierung zu befreien, lobenswert ist, scheint der Zeitpunkt dafür, wenn auch nicht sehr, so doch verfrüht.«

Am Ende beschloß Henry, zu seinem alten Drehbuch zurückzukehren und den Film selbst zu finanzieren. Wie er das anstellen wollte, war klar. Ich war damals schon in Frankfurt, aber ich habe gehört, daß er eine Weile fast jeden Abend mit einer anderen Beckmann- oder Nolde-Graphik im Tresznjewski auftauchte. Es muß zu der Zeit in München eine richtige Sammelhysterie geherrscht haben. Jeder wollte unbedingt etwas aus Henrys unerschöpflicher, preiswerter Quelle haben, und jeder glaubte, was Henry erzählte: daß sein Vater kurz nach dem Krieg diese wunderbaren Bilder von einem alten, kranken Juden bekommen hatte, der dafür als Gegenleistung Papiere für Amerika und die Organisation seines Umzugs verlangte – und daß Henry die Bilder nun so schnell wie möglich loswerden müßte, weil er endlich das Projekt seines Lebens verwirklichen wollte. Als Henry einen kleinen, besonders gelungenen Akt von Oskar Kokoschka mitbrachte, stritten sich Hermann Siss und ein deutscher Anwalt so verbissen darum, bis sie beschlossen, sich die Kosten zu teilen und das Bild abwechselnd einen Monat bei dem einen, einen Monat bei dem anderen aufzuhängen.

Bald hatte Henry das Geld für die *Brüder Geduldig* zusammen. Zumindest war genug da, um die ersten zwanzig Drehtage zu überstehen; was später käme, würde man sehen. Er hatte das Team, die Schauspieler, er selbst sollte Regie führen, und es war am allerersten Drehtag in der Bavaria, wenige Sekunden, bevor er das erste Mal laut »Und bitte!« ausrufen wollte, als zwei deutsche Polizisten von hinten an ihn herantraten. Sie fragten ihn leise, ob er Henry Halperin sei, geboren am 23.12.1948 in Föhrenwald, Landkreis Wolfratshausen, und nachdem er überrascht genickt hatte, nahmen sie ihn mit. Die Anklage gegen ihn, die drei Monate später vor dem Landgericht München in der Nymphenburger Straße verlesen wurde, lautete auf Betrug und Handel mit gefälschten Kunstwerken. Er bekam zwei Jahre und vier Monate.

## 14

Ich wußte das alles aus Henrys Brief. Es war ein langer Brief, und als ich ihn in meinem Briefkasten fand, erschrak ich. Vorne hatte der griechische Hausmeister aus meinem früheren Haus in München die alte Adresse mit einem dicken schwarzen Filzstift durchgestrichen und ungelenk die neue hingeschrieben; hinten stand als Absender die JVA Freising. Dieser dicke Umschlag sah nach Problemen aus. Erst nachdem ich ihn Tage später aufmachte, sah ich, von wem er kam, und dachte erleichtert, daß nicht ich es war, der die Probleme hatte.

Und so endete Henrys Brief:

»Das Leben hier habe ich mir anders vorgestellt. Schlimmer aber nicht so traurik. Alle sind immer traurik hier, ich auch. Ich bin traurik weil ich ohne die Jungs bin und ohne Erika und ich es mir immer allein machen muß. Hundertmal allein ist wie einmal mit einer Frau, sagen die andern, aber ich sage dir, auch nicht tausendmal. Solche Knast-Weisheiten sind alles niente, glaub mir, warum hat mir das mein Vater nicht schon früher gesagt? Übrigens hat er mich nur zweimal hier besucht. Er weiß daß er schuld ist, und es tut ihm leid. Ich hab seine Entschuldigung angenommen, was soll ich machen er ist mein Vater. Trotzdem, er hätte mir keine Meißes erzählen sollen. Ja, Junge, hat er immer gesagt, die Sachen waren während des Kriegs in zwei Kisten in einem Keller in der Prinzregentenstraße vergraben. Ja, Junge, nach dem Krieg war das Haus wie vom Erdboden weggeblasen, aber die Kisten waren noch da. Ja, Junge, ich hab sie selbst mit dem alten Bernseitl ausgegraben, mit bloßn Händn, und ich hab sie gar nicht haben wollen, aber er hat gesagt, ich hätte ihn so glücklich gemacht mit dem US-Visum, das wär das mindeste. Was für ein Märchen! Und ich habs ihm geglaubt! Es tut mir leid, wie ich euch alle angelogen hab, vor allem dich. Ich weiß, du hast den Matrosenjungen so gern gehabt wie ich ihn gern gehabt hab, aber ich kann ihn nicht mehr gern haben und ich will ihn nicht mehr zurück. Du kannst ihn behalten wenn du willst. Oder schmeiß ihn auf den Müll, und dann – MANI PULITE! Saubere Hände, verstehst du! Ich werde wenn ich hier rauskomme nur noch saubere Hände haben. Ich werde nicht trinken, ich werde noch mehr mit meinen Jungs zusammensein und ich werde diesen verfluchten Film vergessen. Ich hab jetzt eine bessere Idee für einen Film, hab auch schon angefangen zu schreiben. Dafür bekomme ich bestimmt sofort Geld und es könnte auch ein großer Kassenerfolg werden. Besrat Haschem! Hier im Brief kann ich nicht viel darüber verraten, aber es ist auf jeden Fall eine Gefängnis-Geschichte. Ich will direkt beim Innenministerium Geld beantragen, die werden sich nicht erlauben können mir nichts zu geben, ich erzähl dir dann mal warum. Ich habe nicht mehr viel, nur noch elf Monate, dann sehen wir uns und ich erzähl dir alles. Und wie geht es dir so? Hast du mal wieder einen Bestseller geschrieben? Dein Henry.«

Neben seine Unterschrift hatten Henry eine große, grinsende Taube gemalt, die sich mit einem Flügel einen Revolver an die Stirn hielt, während sie mit dem anderen Flügel ihre Augen verdeckte.

## 15

Ich habe Henry nicht mehr wiedergesehen. Er müßte längst draußen sein, und ich hoffe, es geht ihm gut. Ich lebe jetzt schon seit fast sechs Jahren in Frankfurt, und wann immer ich an die Zeit in München zurückdenke, fällt er mir zuerst ein. Ich weiß auch nicht, warum. Henry und ich waren nie wirklich Freunde, und ich habe ihn nie so ernst genommen, wie er es sich gewünscht hätte. Vielleicht denke ich deshalb so oft an ihn. Und vielleicht werde ich nicht aufhören, mich dafür zu schämen, daß ich ihn bestohlen habe. Ich meine nicht sein Bild – ich meine die *Brüder Geduldig*. Denn jedes der Bücher, die ich bisher geschrieben habe, ist eine Art *Brüder Geduldig*, und ich würde lügen, wenn ich sagte, ich wisse es nicht.

Je länger ich von München weg bin, desto sicherer bin ich mir, daß ich zurückkommen werde. Ich weiß, es ist nicht mehr dieselbe Stadt wie früher, doch das ist mir egal. Inzwischen gibt es auch das Tresznjewski nicht mehr. Irgendwann hörten die alten Gäste auf zu kommen, neue kamen nicht oder zogen nach ein, zwei Abenden weiter ins Odeon. Und als die Mieten in Schwabing mal wieder hochgingen, hat man das Tresnjewski zugemacht.

Einen Abend werde ich nie vergessen. Es war irgendwann im August, die Stadt war halbleer und das Tresznjewski auch, und wir saßen alle draußen an den Tischen in der Barer Straße. Wir spielten vor lauter Langeweile ein kindisches Spiel, es ging darum, den Zeitabstand zwischen zwei vorbeifahrenden Taxis zu stoppen oder so ähnlich, und jeder, der eine Partie gewann, zahlte eine Runde. So ging das stundenlang. Alle waren da, oder fast alle, und als wir keine Lust mehr hatten, hörten wir wieder auf und starrten stumm in den dunklen Nachthimmel. Plötzlich tauchte über der schwarzen Silhouette der Alten Pinakothek ein kleines helles Licht auf, und kurz darauf waren es hundert und tausend weiße, blaue und grüne Lichter. Keiner von uns hatte so etwas vorher je gesehen. Einige machten vor Erstaunen den Mund auf und riefen »Oh!« und »Ah!«, und Franz kletterte auf seinen Stuhl und hielt sich die Hand vor die Augen, als blicke er in die aufgehende Sonne. Bald machten es ihm alle nach, und so standen wir da auf unseren Stühlen, reglos und starr wie die steinernen Skulpturen in der Glypthotek. Mitten in unsere Rührung hinein hörten wir Henrys laute, grobe, betrunkene Stimme. »Was für eine beschissene Scheißstadt!« fluchte er. »Noch schöner geht's wohl nicht, oder?« Dann wankte er davon, er ging über die Theresienstraße, bei Rot, und als er hinter der Straßenbahnhaltestelle in der Dunkelheit verschwand, hörte auch das seltsame Wetterleuchten über uns auf. »Caramba!« hörten wir ihn ein letztes Mal in der Ferne rufen, und nun war es wieder ganz still auf der nächtlichen Barer Straße.

## 16

Manchmal sitze ich mit meiner Frau vor unserem falschen Liebermann, und wir schauen ihn schweigend an. Seit ich weiß, daß er nicht echt ist, mag ich ihn nicht mehr so gern, darum habe ich ihn ihr gegeben. Ihr ist egal, daß er nicht echt ist. Sie hat ihn in ihrem Zimmer über der kleinen Liege neben dem Schreibtisch aufgehängt, und dort macht er sich sehr gut.

Ich weiß nicht, was meine Frau sieht, wenn sie das Bild betrachtet. Ich sehe schon lange nicht mehr den Jungen im Matrosenanzug. Ich sehe nicht seine hellen, starken Augen, sein Lächeln, das so grausam ist, daß man sofort lernen möchte, so zu lächeln wie er. Ich sehe Dudek und Sally »Shtik« Tanker, ich sehe Erika und die Jungen – und ich sehe Henry und mich damals bei mir, als er mir das Bild gebracht hatte. Er hatte sich im Wohnzimmer aufs Sofa gesetzt, eine Zigarette angesteckt und gesagt: »Alles, was ich brauche, ist nur ein bißchen Glück.« Und dann hat er genauso kalt gelächelt wie unser Matrosenjunge.

Drei

# Auf Wiedersehen in Hasorea

# 1

Im Winter vor zwanzig Jahren bekamen wir Besuch von meinem Onkel Schimschon aus Hasorea. Er schlief im Zimmer von Benny, obwohl Mama dagegen war, aber Vater hatte sie wie immer nur kurz anschreien müssen, und sie gab nach. »Ich will kein Grab in meinem Haus«, sagte er danach leise, »kein Grab, keine Erinnerungen, keine Tränen.« Während Onkel Schimschon Mama mit seiner dunklen Hand ungeschickt über den Rücken fuhr, kniff sie die Augen zusammen und preßte fest die Oberlippe auf die Unterlippe, als könne sie auf diese Weise die Tränen zurückdrängen. Aber da entglitten ihr die angespannten Gesichtszüge auch schon. »Keine Tränen, Martha, habe ich gesagt«, wiederholte Vater. »Hör auf, so zu tun, als könnten wir daran noch etwas ändern! Schimschon kommt zu Benny. Schluß!«

Nachdem meine Eltern und Schimschon in ihren Zimmern verschwunden waren, wartete ich, bis alle schliefen. Dann öffnete ich langsam die Tür meines Zimmers und ging vorsichtig durch den unbeleuchteten Flur, immer dicht an der Wand entlang, wo die Dielen nicht knarrten. Bevor ich im Wohnzimmer, ohne das Licht anzumachen, den Fernseher einschaltete, drehte ich am Gerät den Ton aus. Ich setzte mich aufs Sofa, barfuß, im Pyjama, auf den Platz meines Vaters, ich legte beide Beine über die Seitenlehne und richtete den

Blick auf den in der Dunkelheit heller werdenden Bildschirm.

Der Film, auf den ich mich die ganze Woche gefreut hatte, lief schon. Ich sah das dünne Vogelgesicht des jungen Hauptdarstellers, dessen Foto ich aus der Programmzeitung kannte; ich sah, wie er verwundert lächelte; ich sah die erwachsene rothaarige Frau, die plötzlich vor ihm stand, in Badesandalen und dem gleichen weißen Kittel wie er. Dann sagte sie etwas, und obwohl ich nicht hören konnte, was es war, begriff ich sofort, daß sie ihn beleidigt hatte. Denn noch bevor sie zu Ende sprechen konnte, stürmte er weinend davon.

Der Vogeljunge war etwas älter als ich, sechzehn, höchstens siebzehn Jahre alt. Er arbeitete in einer altmodischen, heruntergekommenen Londoner Badeanstalt, wo er die Badekabinen sauberhalten und die Gäste mit frischen Handtüchern versorgen mußte. In der Zeitung hatte ich gelesen, daß er sich in die Frau, mit der er sich den Dienst teilte, unglücklich verlieben würde. Daß ich den Film unbedingt sehen wollte, lag an dem zweiten Foto, das ich beim Durchblättern des Fernsehprogramms entdeckt hatte: Darauf waren zwei nackte Körper zu sehen, die durch ein Schwimmbecken trieben, ein männlicher Körper und ein weiblicher, und während der Mann mit seinen Armen die Frau fest umklammerte, schwebten ihre Arme ohne Kraft durch das dunkle, grüne Wasser.

## 2

Als Onkel Schimschon in der Wohnzimmertür auftauchte, versuchte der Vogeljunge gerade mit Hilfe eines Spiegels in die Umkleidekabine der Rothaarigen hineinzuschauen, wo sie sich mit ihrem Liebhaber eingeschlossen hatte. Ich hob überrascht den Blick und sah Schimschons kleine Gestalt, der man im Dunkeln nicht anmerkte, wie kräftig er trotz seines Alters war. Ich zog die Hand aus der Pyjamahose und ließ die Beine auf den Boden gleiten. Dabei rutschte mir die Fernbedienung vom Bauch, und ich bückte mich so überhastet und ungeschickt nach ihr, daß ich fast vom Sofa kippte. Bis ich schließlich, blind tastend, den richtigen Knopf gefunden und auf einen anderen Kanal umgeschaltet hatte, verging eine kleine Ewigkeit. Ich überlegte, welche Geschichte ich gleich erzählen könnte, damit Schimschon mich in Ruhe ließ und am nächsten Morgen meinen Eltern nichts verriet.

»Warum machst du nicht den Ton an, *chewre*?« sagte er. Er versuchte leise zu sprechen, aber er schaffte es kaum, die Stimme zu senken, und das klang ziemlich lächerlich. »Dumme Frage«, fuhr er fort, bevor ich etwas erwidern konnte, »es schlafen ja schon alle. Naja, fast alle.«

Ich nickte.

»Und warum sitzt du hier noch so spät?« fragte er.

Wieder nickte ich, ohne etwas zu sagen.

Er blieb in der Tür stehen. Offenbar überlegte er, ob er wieder ins Bett gehen sollte, doch dann zog er entschlossen den Gürtel seines Bademantels zu und kam noch ein paar Schritte näher. Jetzt, dachte ich, sieht er es gleich. Ängstlich verschränkte ich die Hände über dem Schoß, doch als er sich neben mich aufs Sofa setzte und mir mit der Faust einen kameradschaftlichen Stups aufs Kinn gab, erschrak ich so sehr, daß es sowieso nichts mehr zu sehen gab. »*Kol beseder?*« sagte er auf hebräisch, »alles in Ordnung?« Er berührte erneut – diesmal mit der Handfläche – mein Gesicht, und ich mußte mich zusammennehmen, um nicht vor ihm zurückzuweichen.

Ich mochte Onkel Schimschon nicht besonders. Er hatte kleine schwarze Augen wie ein Hund, sein sonnengegerbtes Gesicht war faltig und hart, und seine Kleider rochen nach Mottenpulver. Noch unangenehmer als Schimschons äußere Erscheinung waren mir die Gespräche, die er mit uns führte. Er redete immer nur davon, wie schwer es ihm damals fiel, aus Deutschland wegzugehen, wie anstrengend die ersten Jahre in Hasorea waren und daß Benny genauso ein großartiger Kibbuznik geworden wäre wie er selbst. Am meisten regte mich sein übergenaues Hochdeutsch auf. Es hatte einen fast unhörbaren Münchener Einschlag, und er versetzte es mit hebräischen Worten, die ich meistens nicht verstand.

Ich sagte noch immer nichts. Er senkte den Arm, und nachdem er ihn kurz auf meine Schulter gelegt hatte, zog er ihn wieder weg und deutete auf das Bild, das über dem Fernseher hing. Es zeigte einen jungen jüdischen Gelehrten mit Streimel und Schläfenlocken. Er hatte ein rundes, dickliches Gesicht, und die Haut, die zwischen seinem dünnen blonden Bart durchschimmerte, war rot und fleckig. Heute weiß ich, daß es ein sehr schlechtes

Bild war, aber früher mochte ich es ganz gern. Meine Eltern hatten es in Israel gekauft, in Tel-Aviv, in einem Geschäft auf Schlomo ha-Melech, am Tag nach Bennys Beerdigung. Sie hatten es gekauft, weil Mama fand, daß der junge Mann auf dem Bild meinem Bruder ähnlich sah.

»Ein herrliches Bild«, sagte Schimschon, und er versuchte, auf seine ungeschickte Art zu flüstern. »Ich mag die Farben. Und der Rahmen ist auch sehr schön.«

»Ja, das stimmt«, sagte ich.

»So waren wir früher alle. Immer nur Bücher, nichts als Bücher. In Polen, in Rußland. Und in Deutschland natürlich auch. Aber das ist noch länger her. Zum Glück hat sich viel verändert in den letzten hundert Jahren.«

»Ja, klar.«

»Weißt du, was ich meine?«

Ich zögerte überrascht. »Israel – oder was?«

Schimschon lachte leise. »Ja, so ungefähr.«

Ich löste den Blick von dem Bild und sah zum Fernseher. Als ich vorhin so überstürzt aufs andere Programm umgeschaltet hatte, war mir gar nicht aufgefallen, was dort lief – es war ein Rückblick auf die Weltmeisterschaft, und gerade zeigten sie Ausschnitte aus dem Spiel gegen die DDR. Das war in Hamburg, ich wußte es wie heute, und ich konnte mich genau erinnern, wie verwundert und ungläubig ich bei dem Tor von Sparwasser war. Später bin ich natürlich wie alle anderen traurig ins Bett gegangen, aber in dem Moment, als er den Ball durch die Arme von Sepp Maier schoß, dachte ich bloß, das kann nicht sein, das gibt es nicht, das ist völlig unmöglich, daß die Westdeutschen gegen die Ostdeutschen verlieren. Ich hatte mir alle WM-Spiele im Fernsehen angeschaut, und eigentlich hatten wir Karten für das Finale gehabt, aber wegen Benny gingen wir nicht hin. Ich habe mich während der Fernsehübertragung ans Fenster zur Karl-Theodor-Straße gestellt, denn von dort konnte ich das Olympiastadion sehen und manchmal, bei gutem Wind, auch die Sprechchöre hören.

Für einen Moment hatte ich Onkel Schimschon vergessen. Mir war egal, daß er mitten in der Nacht mit mir im Wohnzimmer saß und mich in seine israelischen Gespräche verwickelte; ich hatte auch keine Angst davor, daß mein Vater aus dem Schlafzimmer stürmen könnte, um mich wütend anzuschreien, ich solle sofort wieder ins Bett verschwinden; und ich dachte nicht daran, daß auf dem anderen Kanal gerade die Dinge passierten, die ich mir in den letzten Tagen so häufig vorgestellt hatte. Statt dessen sah ich Beckenbauer und Müller und Hoelzenbein dabei zu, wie sie sich gegen die DDR abmühten, wie sie vergeblich versuchten, in den wenigen Minuten, die ihnen geblieben waren, den Ausgleich zu machen, und dabei dachte ich an meinen Bruder, an meinen dummen, dicken Bruder, an diesen schrecklichsten älteren Bruder, den ein Junge wohl jemals gehabt hatte.

»Wie steht es denn?« sagte Onkel Schimschon.

Ich drehte mich zu ihm und sah in sein Gesicht, das in der Dunkelheit von dem Licht des Fernsehers grell angestrahlt wurde. Ich grinste.

»Was war an der Frage falsch?« sagte er.

»Nichts. Gar nichts. Es ist nur ...« Ich zögerte, und

obwohl ich am liebsten geschwiegen hätte, fuhr ich gelangweilt fort: »Es ist ein altes Weltmeisterschaftsspiel, das sieht man doch.«

»Ja, natürlich, ich erinnere mich. *Mezujan!* Es war großartig. Keiner hat mit uns gerechnet.«

»Was?«

»Unentschieden gegen Schweden, unentschieden gegen Italien, den späteren Weltmeister!«

»Bitte, Onkel Schimschon, etwas leiser.«

»Du hast recht«, sagte er wieder laut und preßte den Zeigefinger verschwörerisch an die Lippen, »wir dürfen niemanden aufwecken.« Er hob den Finger, krümmte ihn und klopfte sich gegen die Stirn. »Isi Spiegel, das war ein Prachtkerl!« stieß er plötzlich aus. »Alle haben ihn gekannt. Vor allem die Mädchen und Frauen!«

»Wer ist Isi Spiegel?«

»Laß mich mal überlegen. Ich glaube, er war Stürmer. Ja, was denn sonst, Stürmer!«

»Und bei wem?«

»Was – bei wem?«

»Für wen hat er gespielt?«

Onkel Schimschon schüttelte den Kopf. »Du fragst Sachen, Jossi. Für Israel natürlich!«

Jetzt war ich an der Reihe, den Kopf zu schütteln. »Du meinst die WM in Mexiko«, sagte ich streng. »Das ist schon fünf Jahre her. Und Italien wurde nicht Weltmeister. Die hatten doch überhaupt keine Chance gegen Brasilien.«

»Nein?«

»Nein!«

»Schon gut, schon gut – ich ergebe mich.«

»Kein Problem«, sagte ich. »Das hier ist die WM von 1974. Die war bei uns.« Ich sah zum Fernseher, dann wandte ich mich wieder ihm zu. »Deutschland gegen Jugoslawien. Zwei zu null. Das mußten wir unbedingt gewinnen nach dem schrecklichen Spiel gegen die DDR.«

Wir blickten beide schweigend zum Fernseher, und es vergingen ein paar Minuten. Ich hoffte, daß er langsam genug hatte und ins Bett gehen würde, aber Schimschon rührte sich nicht von der Stelle. Er saß so dicht neben mir auf dem Sofa, daß unsere Knie sich immer wieder kurz berührten, er beugte sich unruhig vor und zurück, und ab und zu streckte er die Arme zur Seite und gähnte leise. Sonst hörte man keinen Ton, nur selten, wenn draußen ein Auto vorbeifuhr, wurde die Stille für einen kurzen Moment unterbrochen. Kaum hatte es sich entfernt, schien die nächtliche Ruhe noch undurchdringlicher als vorher.

## 3

Irgendwann hörte Onkel Schimschon auf herumzurutschen. Seine Arme lagen ruhig auf seinen Knien, er gähnte ein paarmal, dann begann er laut und gleichmäßig zu atmen. Von Zeit zu Zeit erklang ein kaum hörbares Röcheln aus seiner Kehle. Ich drehte mich langsam und vorsichtig zu ihm, weil ich ihn nicht wecken wollte, und als ich ihn ansah, zuckte ich vor Schreck zusammen. Onkel Schimschon schlief gar nicht. Er hatte mich offenbar die ganze Zeit beobachtet. Seine kleinen schwarzen Augen wirkten noch etwas kleiner als sonst, und er hatte einen Ausdruck im Gesicht, den ich nicht kannte.

»Du weißt über Fußball genauso gut Bescheid wie dein Bruder, was?« sagte er ernst, ohne seine übliche falsche, aufgekratzte Freundlichkeit. Es war das erste Mal in dieser Nacht, daß er es schaffte, zu flüstern.

»Kann schon sein«, erwiderte ich schnell, und ich merkte sofort, wie unfreundlich das klang.

»Entschuldige, Junge, es tut mir leid. Ich habe einfach nicht nachgedacht. Ich wollte dich nicht erinnern.«

»Es ist okay.«

»Aber weißt du, ich selbst erinnere mich auch oft an ihn.«

»Klar.«

»Ein Prachtkerl, ein *jeled tov!* Bei uns in Hasorea haben ihn alle gemocht.«

»Wieso denn?«

»Also hör mal!« Schimschon schlug laut die Hände zusammen. Dann hielt er erschrocken inne, und als in der Wohnung alles ruhig blieb, sagte er: »Eigentlich hast du recht. Eine berechtigte Frage. Weißt du«, fuhr er flüsternd fort, »dein Bruder hat sich nie beschwert, er war nicht wie die anderen Volontäre. Immer war er da, wenn man von ihm etwas wollte. Er war morgens als erster in der Gärtnerei oder auf den Feldern, er hat ohne Pause durchgearbeitet, und wenn am Nachmittag alle zum Schwimmen gingen, saß er in der leeren Kantine und las Zeitung. Jeden Satz und jedes Wort wollte er verstehen – wußte er nicht weiter, mußte man ihm helfen. Es gab

Tage, da kam er alle fünf Minuten angelaufen. Onkel Schimschon, was heißt das, Onkel Schimschon, was heißt dies. *Nachon*, wir haben ihn alle wirklich gern gehabt. Fast alle jedenfalls. Manche fanden, daß er ein Streber war. Ja, wirklich. Sie sagten, er könnte ruhig etwas weniger eifrig sein und ein bißchen langsamer machen, dann würde ihm nicht ständig etwas danebengehen. Vielleicht stimmte es – recht hatten sie trotzdem nicht. Als ob wir selbst am Anfang nicht genauso vorschnell gewesen wären! Keine Ahnung hatten wir gehabt, aber alles wußten wir besser. Ein paar Monate auf *hachschara* in Deutschland, und schon hielten wir uns für Überlebensexperten.

Aber interessiert dich das überhaupt?« sagte er plötzlich schnell und sprach, ohne meine Antwort abzuwarten, gleich wieder weiter. »Ich habe damals auf dem Gut in Kaufbeuren mein Praktikum gemacht, bei einem Bauern, der in der Partei war. Wochenlang bin ich um vier Uhr früh zum Spargelstechen aufgestanden, weil ich noch vor der Sonne dasein mußte, damit der Spargel nicht blau wurde. Wochenlang stand ich im Morgengrauen auf dem Feld und fühlte mich wie ein Held. Jetzt, dachte ich, kann mir in Palästina nichts passieren. Und drei Monate später kauerte ich zitternd hinter einem Sandsack und hielt mich an einem Gewehr fest, aus dem der letzte Schuß in den Zeiten der Osmanischen Kriege abgegeben wurde. Meine erste Nachtwache! Während die anderen in der Tischlerei schliefen, wo es halbwegs sicher war, starrte ich in die Dunkelheit und versuchte, die Lichtzeichen zu entziffern, die von den andern Kibbuzim zu uns herübergemorst wurden. Im ganzen Jesreeltal lagen junge, verängstigte Leute wie ich hinter ihren Befestigungen und warteten auf die Araber. Was soll ich dir sagen« – Schimschon verzog den Mund zu einem ironischen Lächeln – »in dieser Nacht kam keine Warnung, nur eine Nachricht über die Geburt eines Babys in Mischmar Ha'emek.«

»Aber später hast du doch gegen die Araber gekämpft – oder nicht?« sagte ich enttäuscht.

»Ja.«

»Und war das gefährlich?«

»Ja.«

»Erzähl mir doch davon, Onkel Schimschon!«

»Weißt du ...« Er atmete tief ein und aus und sagte so leise, daß ich ihn kaum verstehen konnte: »Weißt du, ich hätte ihn nicht gehen lassen sollen. Es war zu früh. Er hätte noch eine Weile in Hasorea bleiben können. Er hätte den Ulpan in Ruhe zu Ende gemacht, dann hätte er eine gute Ausbildung bekommen, oder wir hätten ihn auf die Universität geschickt. Ein nettes Mädchen hätte er bestimmt auch bald kennengelernt, und er hätte sich weiter um unsere Fußballer kümmern können.«

»Was?« stieß ich überrascht aus. »Benny war Trainer?«

»*Nachon*. Ohne ihn klappte nichts. Er organisierte die Spiele, er besorgte Trikots, und er hat unseren Jungs auch eine Menge beigebracht.«

Ich glaubte Onkel Schimschon kein Wort. So schlecht konnte der Fußball in Israel gar nicht sein, daß mein Bruder Benny es dort zum Trainer brachte. »Bist du wirklich sicher?« sagte ich.

»Wieso sollte ich nicht sicher sein?«

Ja, wieso eigentlich nicht. Benny hatte genausoviel über Fußball gewußt wie ich, in Wahrheit sogar noch eine Menge mehr. Das Problem war nur, daß er mit seinem Wissen bei einer Quizshow besser aufgehoben gewesen wäre als auf einem Fußballplatz. Benny wußte, welcher Schiedsrichter das Finale um die erste deutsche Meisterschaft gepfiffen hatte, er kannte die Geburtsdaten der meisten Bundesligaspieler, er konnte die Aufstellungen sämtlicher WM-Mannschaften seit 1930 aufsagen, und natürlich besaß er Bücher, in denen man alles über Spielzüge und Taktik, über hängende Spitzen und offensive Verteidiger nachlesen konnte. Es nützte ihm trotzdem nichts – denn er konnte einfach nicht spielen. Jeder zweite Ball sprang ihm vom Fuß, er war so langsam wie ein Mädchen, und wann immer er jemanden decken sollte, trat er bei seinen Verteidigungsversuchen in die Luft. Wurde er von einem Gegner umspielt, blieb er stehen, er stampfte wütend auf, lächelte überrascht, als ob ihm das zum ersten Mal passiert wäre, und dann setzte er diesen nachlässigen, eingebildeten Blick auf, den sich normalerweise nur die Besten erlauben durften.

Ich weiß nicht, ob die anderen Benny genauso beobachteten wie ich. Ich bin mir aber sicher, daß er ihnen längst nicht so wichtig war wie mir – sie lachten ab und zu über ihn, das war es dann auch. Ich dagegen ließ ihn nie aus den Augen. Ich kontrollierte, wenn ich nicht gerade selbst am Ball war, jede seiner Aktionen, und auf dem Weg vom Luitpoldpark nach Hause schwieg ich beleidigt. Dann schrie ich ihn an, er solle mit seinen Freunden spielen, nicht mit meinen, er sei zu alt für uns, und überhaupt sei er ein Idiot. Doch Benny reagierte nicht auf mich, er war nie beleidigt, im Gegenteil, er schien sich über meine Wut sogar zu freuen. Beim nächsten Mal war er natürlich wieder da, auf unserer Wiese beim Schuttberg, und wenn er – einen Kopf größer als wir – als letzter in eine der beiden Mannschaften gewählt wurde, lachte er kurz laut auf, um uns zu zeigen, wie dumm wir waren, ihn zu unterschätzen.

Wie oft habe ich mich wegen Benny geschämt – und wie sehr habe ich mir gewünscht, er gehöre nicht zu mir. Einmal, während eines Turniers auf unserer Schule, war es besonders schlimm. Die Mannschaft von Bennys Klasse spielte um den dritten Platz, es ging um nichts mehr, aber mein Bruder durfte trotzdem nicht aufs Feld. Er stand in seiner engen schwarzen Turnhose und in Vaters altem Trägerunterhemd zwischen den Zuschauern und sah immer wieder böse zu seinem Sportlehrer herüber, der ihn nicht beachtete. Kurz vor Schluß gab er ihm aber plötzlich ein Zeichen, und als gegen Bennys Mannschaft eine Ecke ausgeführt werden sollte, wechselte er ihn ein. Ohne sich umzusehen, rannte Benny aufs Feld. Er stellte sich in den Strafraum, der Ball kam, zwei Leute sprangen vorbei, der Ball prallte gegen den Rücken eines Dritten, trudelte um einen Vierten herum und blieb vor Bennys Füßen liegen. Diesen Augenblick nutzte mein schrecklicher Bruder. Er holte aus und schoß den Ball unhaltbar an seinem eigenen Torwart vorbei ins Tor. Dann riß er jubelnd die Arme hoch, er schrie »Tor! Tor! Tor!«, und als er merkte, was er gemacht hatte, zuckte er auf seine selbstgefällige Art mit den Schultern und hob stolz den Kopf. Das Gelächter, das sich über dem Sportplatz erhob, hörte er garantiert nicht.

Aber Benny regte mich nicht nur beim Fußball auf. Immer wollte er etwas beweisen oder durchsetzen, was unmöglich war, jedenfalls für ihn, und es war ihm egal, was die andern über ihn dachten. Wie sehr haßte ich ihn dafür, wenn er sich im Bus in die Gespräche von alten Leuten einmischte, kaum daß er die Worte »früher« oder »damals« hörte. Er stand vor ihnen, das Kinn hochgezogen, die Hände in den Hosentaschen, und hielt ihnen Vorträge über eine Zeit, die sie tausendmal besser kannten als er, worauf sie oft anfingen, ihn laut zu beschimpfen. Manche wandten sich aber einfach nur von ihm ab – was noch viel demütigender war.

Benny war ein unbelehrbarer Besserwisser, ständig mußte er sich einmischen, und heute weiß ich, daß zu seiner Besserwisserei auch seine fixe Idee gehörte, er könne alles, was bei uns zu Hause kaputtging, reparieren. Er schraubte Steckdosen auf, klebte Geschirr zusammen und machte sich an Radios zu schaffen, und das ging nie gut. Als ihm meine Eltern schließlich verboten, noch irgendetwas anzufassen, blieb ich sein einziges Opfer. Obwohl ich gefleht und geschrien hatte, er solle die Finger davon lassen, nahm er sich gleich meinen neuen, meinen allerersten Kassettenrekorder vor. Er wollte den Lautsprecher, dessen dröhnender Klang ihm mißfiel, in Ordnung bringen, und nachdem er das Gerät wieder zusammengebaut hatte, ging es nie mehr.

Am meisten und aufrichtigsten haßte ich meinen Bruder dafür, daß er dauernd mit unserem Vater kämpfen mußte. Er war aus Prinzip anderer Meinung als er, egal, ob es um Schule ging, um Politik oder etwas anderes. Meistens fing der Streit beim Abendessen an, an Schabbat, und während die Stimme von Vater immer lauter wurde und Benny ihm immer aufgeregter widersprach und ihn zu überschreien versuchte, ließ ich meine Gedanken schweifen. Ich starrte in den Teller, ich wollte nichts hören, nichts wissen, nichts sehen, und ich schaute erst wieder auf, wenn die ersten Schläge in Bennys Gesicht landeten. Benny weinte hemmungslos wie ein Kind, sein volles Gesicht rötete sich, die Tränen liefen ihm in den dünnen, blonden Teenagerbart. Aber auf einmal wurde er vollkommen ruhig, er machte eine kleine, fast unsichtbare Kopfbewegung, das Kinn ging nach oben, und in seinen Augen war dieser fürchterlich gelangweilte, eingebildete Blick.

## 4

»Ich gehe jetzt ins Bett«, sagte Onkel Schimschon. »Und du solltest hier auch nicht mehr so lange sitzen, Jossi.«

Er stand vorsichtig auf, weil er jedes Geräusch vermeiden wollte, und bewegte sich fast lautlos zur Tür. Ich sah ihm hinterher, und aus den Augenwinkeln verfolgte ich weiter, was auf dem Bildschirm passierte. Es kam jetzt das Schwedenspiel. Schimschon drehte sich wieder um, machte zwei, drei Schritte zurück, und ausgerechnet, als Bonhof abzog, um den Ball am schwedischen

Torwart vorbei gegen den linken Pfosten zu setzen, von wo er gegen den rechten Pfosten prallte, um zum zwei zu eins für Deutschland ins schwedische Tor zu gehen – ausgerechnet in dem Moment stellte sich mein Onkel vor mich, fuhr mir übers Haar und sagte, ich solle nicht traurig sein. Gleichzeitig hörten wir das Knarren von Parkett, dann ein Seufzen und ein lautes Gähnen. Schimschon fuhr zur Seite, er erschrak noch mehr als ich, ich sah an ihm vorbei, ins Halbdunkel, zur Tür, und da stand mein Vater im Schlafanzug und schüttelte den Kopf.

Hinter ihm tauchte Mama auf, doch bevor er anfangen konnte zu schreien, nahm sie seinen Arm, hakte sich bei ihm ein und sagte mit einem gespielten Lachen: »Eine Überraschungsparty, Berl. Warum feiern wir nicht mit?«

»Weil man uns nicht eingeladen hat«, antwortete er, ohne sie anzuschauen. Dann lachte er auch, und sein Lachen klang sogar echt. »Wieso schlaft ihr nicht, Jungs?« sagte er.

»Und ihr? Warum schlaft ihr nicht?« sagte Schimschon.

»Ich habe zuerst gefragt, Onkel Schimschon.«

»Bin ich dreitausend Kilometer geflogen, um zu schlafen, Berele?«

Vater reagierte nicht.

»Du weißt, warum ich gekommen bin«, sagte Schimschon. »Was fragst du mich aus wie einen Schuljungen? Gerade wollte ich Jossi von früher erzählen, von München.«

»Von München?«

»Warum nicht ...«

»Ja, mach das«, sagt Mama. »Das ist eine gute Idee.«

»Bitte«, sagte Vater, »in Ordnung. Aber seid leise, laßt zumindest uns schlafen.« Er schüttelte den Kopf.

»Und wenn es hell wird, könnt ihr für uns alle Frühstück machen«, sagte Mama und zog Vater fort.

Kaum waren sie weg, ließ sich Onkel Schimschon neben mich aufs Sofa fallen. Jetzt erst bemerkte ich den angenehmen Geruch, der ihn umgab – er roch nicht nach diesem schrecklichen Mottenpulver wie sonst, sondern leicht nach Pfirsichshampoo und Pfefferminz. Unsere Knie berührten sich wieder, und Schimschon rutschte unzufrieden auf seinem Platz hin und her, bis er die richtige Position gefunden hatte.

Ich hatte langsam genug. Ich hatte keine Lust mehr, zu warten, bis ich endlich allein wäre – der Vogeljunge und die beiden Nackten aus dem Schwimmbad waren mir inzwischen völlig egal, ich wollte so schnell wie möglich ins Bett. Doch plötzlich fiel mir etwas ein, worüber ich bis jetzt überhaupt nicht nachgedacht hatte, und ich drehte mich zu Schimschon um. Der Fernseher lief weiter, und Schimschon konzentrierte sich ganz auf das Spiel, das gerade kam – die verrückte Wasserschlacht gegen Polen in Frankfurt. »Warum bist du gekommen, Onkel Schimschon?« sagte ich laut. »Du wolltest doch früher nie nach Deutschland.«

»Hat dein Vater hier irgendwo Zigaretten?« sagte er.

»Ja.«

»Holst du sie mir?«

»Das geht nicht so leicht.«

»Ich verstehe.«

»Wenn du mich nicht verrätst …«

»Natürlich nicht.«

Ich sprang auf, und bevor ich die Schiebetür zu Vaters Arbeitszimmer aufzog, machte ich im Wohnzimmer das große Licht an.

»Gute Idee«, sagte Onkel Schimschon und kniff seine kleinen schwarzen Hundeaugen zusammen.

Ich beugte mich über Vaters Schreibtisch. Mit beiden Händen hob ich die schwere, nur lose aufliegende Tischplatte an, ich drückte sie zur Seite und griff von oben in die abgeschlossene Schublade, in der Vater die Zigaretten aufbewahrte. Ich holte eine Schachtel heraus, schob die Platte wieder zurück, machte die Tür zu und reichte Onkel Schimschon stolz das Päckchen.

»Du auch?« sagte er, nachdem er sich eine Zigarette angezündet hatte.

Die Frage war mir unangenehm. »Nein«, sagte ich.

Er nahm ein paar schnelle Züge, dann drückte er die Zigarette im Aschenbecher aus und steckte sich gleich wieder eine an. »Du darfst mich aber auch nicht verraten«, sagte er.

»Was hast du gemacht?«

»Ich habe deinen Bruder angelogen.«

»Was?«

»Ich habe deinen Bruder angelogen.«

»Wann?«

»Das ist schon sehr lange her.« Er blies den Zigarettenrauch langsam aus. »Als ihr das erste Mal bei mir wart. In Hasorea. Daran wirst du dich nicht mehr erinnern.«

»Hast du mich auch angelogen?«

»Nein.«

Ich dachte kurz nach. »Und deshalb bist du nach Deutschland gekommen, Onkel Schimschon?« sagte ich erstaunt.

»Deinen Eltern habe ich etwas anderes gesagt.«

»Was?«

»Daß ich München wiedersehen wollte. Nach so langer Zeit.«

»Und das stimmt nicht?«

»Doch, natürlich«, sagte Schimschon, »das stimmt natürlich auch.« Und dann machte er sich eine neue Zigarette an und begann zu erzählen.

## 5

Heute, Jahre später, kann ich mich nicht mehr an alles erinnern, worüber Onkel Schimschon in dieser Nacht mit mir geredet hatte. Es war viel, sehr viel, und es hatte anfangs überhaupt nichts mit Benny zu tun. Schimschon sprach lange von seiner Kindheit und Jugend. Er erzählte von den ersten fünfundzwanzig Jahren seines Lebens, die er in München verbracht hatte, und im nachhinein kommt es mir vor, als sei ich der erste gewesen, mit dem er sich über diese Zeit unterhielt. Er kam kaum dazu, Luft zu holen, so aufgeregt und zerstreut war er. Er redete mal langsamer, mal schneller, aber nie machte er eine Pause, die lang genug gewesen wäre, daß ich ihn hätte unterbrechen können, und ich merkte oft, wie überrascht er von seinen eigenen Erinnerungen war.

So war es, als er anfing, mir bis in die letzte Einzelheit das Glockenspiel vom Neuen Rathaus mit seinen Rittern, Fanfarenbläsern und tanzenden Schäfflern zu beschreiben, obwohl er nur erzählen wollte, wie er jeden Sonntagmittag mit dem Vater ins Hochcafé am Marienplatz ging, wo es die beste Linzer Torte der Stadt gab und Kakao so dick wie Sirup. So war es, als er von den Tagen schwärmte, die er im Englischen Garten verbracht hatte, als Kind beim Spielen auf dem Hirschanger und später als Student mit seinen Freunden am Monopteros, und sich plötzlich erinnerte, wie er abends, auf dem Weg von der Universität nach Hause, oft noch allein auf dem Monopteroshügel stehenblieb und wartete, daß die Glocken der Innenstadtkirchen zu schlagen begannen, die Glocken der Frauenkirche, der Theatinerkirche, die Glocken von Sankt Peter und von Heilig Geist. Und so war es, als er von dem Weihnachtsfest erzählte, das alles in seinem Leben verändert hatte, und zuerst nur erstaunt über den Geruch von Marzipan, Wachs und gebratenen Äpfeln sprach, über den eiskalten, ungeheizten Salon, der zwei Wochen vor dem Fest abgeschlossen wurde, damit keiner die Geschenke sah, über den mit einem dunkelblauen Damasttuch abgedeckten Gabentisch, über die etwas weniger verfänglichen Weihnachtslieder, die in seiner Familie gesungen wurden, von »Es ist ein Ros entsprungen« bis »O Tannenbaum«.

An jenem Weihnachtsabend hatte sich Onkel Schimschon – er war gerade fünfzehn – vor seine Mutter gestellt und ihr erklärt, er mache diesen gojischen Klimbim nicht mehr mit. Wenn er mit der Familie nicht feiern wolle, hatte sie ihm geantwortet, müsse er eben gehen, und das hatte er wörtlich genommen. Er schnappte sich seinen Wintermantel und die Schulmütze und rannte hinaus. Eine Weile stand er ratlos vor dem Haus seiner Eltern. Von der Isar wehte der Wind den immer stärker fallenden Schnee herüber, es war dunkel geworden, man sah niemanden mehr auf der Straße, nur ab und zu fuhr eine leere Tram vorbei. Der Schnee dämpfte die Schritte des Jungen, während er langsam zum Englischen Garten hinunterging. Er wollte einen kurzen Spaziergang machen und später wieder nach Hause gehen, doch auf einmal blieb er stehen, er überlegte kurz, und schließlich machte er sich zu dem einzigen von seinen jüdischen Freunden auf, dessen Familie noch orthodox war.

Dort blieb er in dieser Nacht – und die nächsten zwei Jahre. Die Eltern widersprachen nicht, sie gaben ihm Geld für Kleidung und Bücher, und fürs Essen kamen seine Gastgeber auf. Mit der Wut eines Betrogenen beschloß er, endlich alles zu lernen, was man als Jude wissen sollte. Er legte Tfillim an und trug Zizit, er ging – statt nur dreimal im Jahr in den liberalen Tempel am Lenbachplatz – fast täglich in die orthodoxe Ohel-Jakob-Synagoge, er aß koscher und weigerte sich, samstags in der Schule zu schreiben. Doch wie das mit der Wut so ist, irgendwann verfliegt sie, und kaum ließ sein religiöser Eifer nach, kaum war diese Revolution erfolgreich zu Ende gebracht, begann er einen zweiten Aufstand – den gegen alle Erwachsenen, egal, ob ihnen die Gebote des Schulchan Aruch noch etwas bedeuteten oder nicht.

Aus Siegfried Berman wurde Schimschon Bar-On. Er trat in die Kadima ein, die jüdische Pfadfinderorganisation, die ihre Mitglieder nicht nur zu guten Zionisten machen wollte, sondern – genauso wie der deutsche Wandervogel – zu besseren Menschen. Die Wut kehrte zurück: diesmal auf die verstockten, verwöhnten Stadtmenschen, die in ihren geheizten Wohnungen saßen, ständig über Geld redeten, den Jungen Vorschriften machten und nicht verstanden, daß die Zukunft der Juden in Palästina lag. Schimschon mußte nur das braune Pfadfinderhemd anziehen und das schöne blaue Tuch umbinden – und schon fühlte er die Kraft und den Willen, alles das zu tun, was die Spießbürger verachteten. Eine herrliche Zeit! Wann immer es mit seiner Gruppe auf große Fahrt ging, kam er sich wie Moses vor, der mit den Juden nach Kanaan zieht; daß sie bloß die Wälder und Täler Frankens oder Niederbayerns durchstreiften, spielte keine Rolle. Hier draußen war alles anders als in der Stadt, und es war genauso, wie es später in Palästina sein würde. Sie liebten die Natur, aber sie bekämpften sie – sie lernten, in kalten Nächten draußen zu schlafen, sie ernährten sich tagelang von dem, was sie fanden, sie unternahmen Gewaltmärsche, quälten sich mit Dauerlauf und Zirkeltraining, ignorierten Krankheiten und jede Form vom Schwäche, wozu sie auch den Mangel an Mut und Zivilcourage zählten. Nur in der

Liebe kämpften sie nicht gegen die Natur. Es war selbstverständlich, daß Mädchen und Jungen in denselben Zelten schliefen, niemand fragte, wer bei wem übernachtete, und so schnell eine Freundschaft zu Ende sein konnte, so schnell konnte eine neue beginnen.

Doch dann waren die Jahre in der Kadima vorbei. Schimschon hatte mit dem Studium angefangen, er ging viel ins Theater und las Tag und Nacht, und statt Ausflüge aufs Land zu unternehmen, saß er lieber in den Münchener Kaffeehäusern und Nachtlokalen oder flanierte herum. Er war ein schöner junger Mann geworden, fast alle mochten ihn und betrachteten ihn neugierig aus der Ferne. Nur wer ihn genauer ansah, bemerkte die haarfeinen Falten, die sein Gesicht überzogen, und den stumpf gewordenen Glanz in seinen kleinen schwarzen Augen.

Schimschons ganze Liebe galt plötzlich München – der Stadt, in der er aufgewachsen war und die er viel zu wenig kannte. Monatelang durchstreifte er die Viertel, die er vorher nie betreten hatte, er markierte jeden Abend auf seinem Stadtplan die neuentdeckten Straßen und Plätze und machte sich Notizen über ungewöhnliche Fassaden und vergessene Parks. Er ließ bei seinen Streifzügen keinen Hinterhof und kein öffentliches Gebäude aus, und so geriet er eines Nachmittags in den Bayerischen Hof, wo gerade Vladimir Jabotinsky, einer der bekanntesten Zionisten der Zeit, einen Vortrag halten sollte. Einen Augenblick zögerte Schimschon, schließlich stellte er sich zu denen, die in dem großen Saal keinen Sitzplatz mehr bekommen hatten, und da brandete schon der Applaus auf, laut und fordernd, und die Veranstaltung begann. Schimschon mochte Jabotinsky nicht, diesen kleingewachsenen, häßlichen Mann, von dem es hieß, er sei ein jüdischer Faschist. Er fand seine Rede viel zu unernst und voller Haß, es war ihm unangenehm, daß die Menge jedesmal genauso reagierte, wie Jabotinsky es wollte. Und während er ihm zuhörte, überlegte er, wie leicht es wäre, eine Karikatur dieses Mannes zu zeichnen, die jeden Antisemiten mit der allergrößten Befriedigung erfüllen würde.

Noch bevor Jabotinsky zu Ende gesprochen hatte, brach Schimschon wieder auf. Vom Promenadeplatz ging er durch eine der alten Gassen zum Dom, er überquerte die vielbefahrene Neuhauser Straße, im Gehen drehte er sich um und sah nach oben zum Turm der Frauenkirche. Am Altheimer Eck verharrte er kurz vor der Auslage eines Herrenbekleidungsgeschäfts, dann machte er kehrt. Er ging langsam und nachdenklich zur Sendlinger Straße, schließlich änderte er erneut die Richtung und marschierte, am Marienplatz vorbei, zum Tal. So lief er ziellos, ohne seinen üblichen Entdeckerdrang, durch die Innenstadt, und als er eine halbe Stunde später wieder am Marienplatz angelangt war, blieb er vor dem Café stehen, wo er früher mit seinem Vater so oft gewesen war. Sein Entschluß stand fest – er würde aus Deutschland weggehen.

## 6

Wieviel kann man sich als fünfzehnjähriger Junge merken? Und was versteht man bereits? Als Onkel Schimschon mir in dieser Nacht von seiner Münchener Zeit erzählt hatte, war ich genauso alt wie er an seinem ersten jüdischen Weihnachtsabend, an dem Abend, als er erwachsen geworden war. Vielleicht hatte ich Schimschon deshalb so aufmerksam zugehört, um ihm zu beweisen, daß auch ich kein kleines Kind mehr war. Und vielleicht kommt es mir im nachhinein nur so vor, und ich habe später, wann immer ich an diese Nacht zurückdachte, etwas dazugedichtet.

Wirklich genau erinnere ich mich vor allem an die Kleinigkeiten. Ich habe noch Schimschons Stimme im Ohr, hell und viel zu jung, ich höre sein schönes, reines Deutsch, das so klang, als habe er nie woanders gelebt, und ich sehe, wie er beim Reden Zentimeter für Zentimeter zum Rand des Sofas vorrückte. Er beugte sich dauernd vor, um die Asche von seiner Zigarette abzuklopfen oder sich eine neue anzuzünden, er rauchte und redete, redete und rauchte, und die meiste Zeit schien es, als bräuchte er mich überhaupt nicht, als sei er sich selbst genug. Nur ab und zu tätschelte er abwesend meine Wange, um gleich wieder im Strudel seiner Erinnerungen zu versinken.

Schimschon redete lange von sich. Er erzählte, wie er zunächst allein, ohne seine Gruppe, mit dem Schiff nach Palästina gefahren war, wie er die ersten Monate in Hadera als Wäscher gearbeitet hatte und später mit seinen

Freunden Land im Yesreeltal kaufen konnte, in Hasorea, wo nichts war, kein Strauch, kein Baum, nur Steine. Irgendwann unterbrach ich ihn mitten im Satz und fragte ungeduldig, wie lange es noch dauern würde. Er hob überrascht den Blick, dann blinzelte er nervös wie jemand, der gerade wach geworden war.

»Onkel Schimschon«, wiederholte ich, »ich bin müde.«

»Sollen wir schlafen gehen?« sagte er.

»Vielleicht.«

»Vielleicht ja oder vielleicht nein?«

»Ja.«

»Also gut, gehen wir schlafen«, sagte er, und er stützte die Hände auf die Knie, um aufzustehen. Aber dann lehnte er sich wieder zurück. Ohne mich anzusehen, flüsterte er: »Ich war noch gar nicht fertig, Junge.«

Ich stöhnte gequält auf, und im gleichen Moment wußte ich, daß ich einen Fehler gemacht hatte. Doch da war es zu spät. Schimschon drehte sich zu mir und schlug mir mit der Hand ins Gesicht. Ich sah ihn wütend an, ich rieb mir die Wange und wartete auf die Tränen. Aber die Tränen kamen nicht, und statt der schrecklichen Unruhe, die mich befiel, wenn Vater mir eine Ohrfeige gab, fühlte ich mich so froh und befreit, als hätte mich jemand vom Kopf wieder auf die Füße gestellt.

»Willst du ein Pfefferminz, *chewre*?« sagte Schimschon.

»Ja, bitte«, erwiderte ich ruhig. Ich nahm die Hand von der Wange und streckte sie aus. Während Schimschon in den Taschen seines Bademantels kramte, fiel mir ein, daß ich Pfefferminz gar nicht mochte. Ich roch es gern, aber ich haßte diesen brennenden Geschmack auf der Zunge und am Gaumen. Das war nur etwas für Erwachsene, fand ich, wie Alkohol oder Oliven oder Zigaretten, und man mußte viel älter sein als ich, um diese Dinge zu mögen. Ich nahm den Bonbon, er war glatt und glänzte leicht, und in der Mitte hatte er ein kreisrundes Loch. Ich drehte ihn zwischen den Fingern, schaute durch und betrachtete Onkel Schimschons Gesicht. Dann steckte ich den Bonbon in den Mund. Ohne daran zu lutschen, schluckte ich ihn herunter, und endlich begann Schimschon mit seiner Benny-Geschichte.

Anfangs hörte ich sehr gut zu. Ich strengte mich genauso an wie in der Schule, wenn ich dem Vortrag des Lehrers folgen mußte, weil ich sonst den Anschluß fürs ganze Halbjahr verlieren würde, ich achtete auf jedes Wort und versuchte, mir alles zu merken, was Schimschon sagte. Aber langsam begann meine Konzentration nachzulassen – vielleicht, weil ich inzwischen wirklich die Augen kaum noch offenhalten konnte, vielleicht, weil ich nicht verstand, warum es ihm so wichtig war, mir das alles zu erzählen. Schön, er hatte Benny angelogen. Doch war das wirklich so schlimm?

Während Onkel Schimschon sprach, schaute ich wieder häufiger zum Fernseher herüber. Die Sendung über die Weltmeisterschaft ging zu Ende, sie zeigten gerade die letzten Minuten des Endspiels zwischen Holland und Deutschland. Die Holländer lagen eins zu zwei zurück, und weil ihnen nur noch wenig Zeit blieb, versuchten sie, Druck zu machen. Sie brachten ein paar schöne, überraschende Angriffe, und das fand ich sehr interessant anzusehen, denn ich wußte jetzt, was sie damals nicht gewußt hatten: daß sie den Ausgleich nicht schaffen würden. Als der Schlußpfiff kam und die deutschen Spieler vor Freude in die Luft sprangen und mit ihren Armen wedelten, griff ich lächelnd nach der Fernbedienung. Aber statt den Fernseher auszumachen, schaltete ich aufs andere Programm. Und da sah ich sie dann, den Vogeljungen und die Rothaarige. Sie lagen nackt nebeneinander auf dem Boden eines leeren Schwimmbeckens, der Junge hielt mit Gewalt die Arme der Frau fest, sie wehrte sich und drückte ihre Beine gegen seinen nackten Unterkörper. Als auf einmal mit rasender Geschwindigkeit Wasser ins Becken schoß und eine hohe Welle die beiden Kämpfenden umschlang, drückte ich enttäuscht auf den Ausschaltknopf.

Onkel Schimschon hatte nicht auf mich geachtet. Erst nachdem mir die Fernbedienung aus der Hand auf den kleinen Glastisch vor uns gerutscht war, wo sie mit einem lauten Knall landete, schaute er mich kurz an. Er hielt mir, ohne sich zu unterbrechen, die leere Zigarettenschachtel hin, aber ich rührte mich nicht. Ich stierte weiter auf den schwarzen Bildschirm, und mein Blick verschwamm. Plötzlich sah ich Benny in seinem Zimmer, er hatte schon gepackt, auf dem Bett lag nur noch seine rote Adidastasche, die Koffer waren unten im Wagen. Da stand er, während ich ihn von meinem Zimmer aus beobachtete, und schaute sich zum letzten Mal die Vereinsplakate und Fußballerfotos über seinem Bett an. Dann kam Vater herein, und bevor Benny die Arme hochreißen konnte, schlug er ihm mit den Fäusten auf den Kopf und ins Gesicht. Benny blieb stehen, er bewegte sich nicht von der Stelle und blickte Vater ernst und hochmütig an. »Beeil dich«, sagte Vater. Er ging hinaus, und kurz darauf betrat Mama Bennys Zimmer. Sie umarmte ihn und legte den Kopf auf seine Schulter. Danach verschwand sie wieder, ohne etwas zu sagen, und im nächsten Moment stand erneut Vater vor ihm, er packte ihn im Nacken und zog ihn zu sich herunter. Er küßte ihn auf die Wangen, auf den Bart, auf die Stirn, und Benny, der mich jetzt erst entdeckt hatte, sah mich grinsend an, und während Vater ihn weiter küßte und drückte, machten Benny und ich uns einen Spaß daraus, Grimassen zu ziehen und wild die Augen zu verdrehen. Und genauso machte ich es jetzt auch, allein, für mich, während Onkel Schimschon weitererzählte. Ich runzelte die Stirn und schob die Augenbauen hoch, ich verzog den Mund wie ein Frosch – und erst als Schimschon wieder die leere Zigarettenschachtel hochhielt, stand ich auf und holte ihm aus Vaters Schreibtisch eine neue.

## 7

Onkel Schimschon hat uns seitdem nicht mehr in München besucht. Es hat uns nicht überrascht, daß er nicht wiederkam, die drei Wochen, die er bei uns verbracht hatte, waren für ihn anstrengend gewesen – anstrengender, als er es selbst erwartet hatte. Jeden Morgen stand er als erster auf, er machte im Wohnzimmer seine Gymnastik und half Mama beim Frühstück, dann verschwand er den ganzen Tag, um wie früher kreuz und quer durch München zu laufen. Ein paarmal überredete er mich, mit ihm zu kommen, aber ich hielt es nie lange aus. Vor jedem Haus, an das er sich erinnern konnte, blieb er stehen, er lief in jeden Hinterhof und in jede Seitengasse. Ich konnte mit ihm manchmal kaum Schritt halten, so eilig hatte er es – als habe er Angst, es nicht mehr zu schaffen, noch einmal alles wiederzusehen. Natürlich hatte er sich auch einen Stadtplan gekauft, und wenn er am Abend, nach dem Essen, in Bennys Zimmer saß und sein Tagespensum eintrug, erhellte ein kraftloses Lächeln sein altes Gesicht. Hinterher ging er meist gleich ins Bett, deshalb herrschte in der Wohnung während seines Besuchs ab neun Uhr abends nächtliche Ruhe.

Über Benny haben Onkel Schimschon und ich uns in diesen Wochen oft unterhalten, aber nie in Gegenwart meiner Eltern. Wir sprachen von seiner Tolpatschigkeit und seinem Stolz, von seiner Besserwisserei und der Beharrlichkeit, mit der er jede Niederlage und Enttäuschung ignorierte. Und natürlich redeten wir über Bennys Fußballbegeisterung und seine Liebe zu Israel, von der keiner in der Familie etwas gewußt hatte, bis zu dem Tag nach seinem Abitur, als er erklärte, er wolle weggehen, er wolle zu Schimschon nach Hasorea. Wenn ich sagte, wie schade es sei, daß Benny die letzte WM, auf die er sich so lange gefreut hatte, nicht mehr erleben konnte, machte Schimschon kurz ein böses Gesicht. Doch statt mit mir zu schimpfen, holte er tief Luft, und dann erzählte er mir – zum vierten, fünften Mal –, wie sich Benny zwei Monate nach seiner Ankunft im Kibbuz heimlich zur Armee gemeldet hatte. Ein halbes Jahr später brach der Krieg aus, an Jom Kippur, und Benny, der dumme, dicke Benny, gehörte zu den ersten israelischen Soldaten, die auf dem Golan die Syrer zurückzudrängen begannen. Er stürmte ganz allein los, ohne Befehl, ohne Plan und ohne Funkgerät, weshalb seine eigenen Leute nicht wußten, daß jetzt einer von ihnen in der gegenüberliegenden syrischen Stellung saß, und so waren es israelische Granaten, die ihn töteten.

Ich habe Onkel Schimschon nie gefragt, ob er Benny für einen Helden hielt. Ich selbst mußte manchmal fast lachen, wenn wir darüber sprachen, wie er gestorben war. Daß Schimschon dabei kein einziges Mal wütend wurde, habe ich ihm nicht vergessen. Er lächelte mich dann stumm an, als wisse er etwas, das ich erst viel später begreifen würde, aber sein Lächeln hatte nichts Eingebildetes oder Überlegenes. Er zog die Mundwinkel fast unsichtbar nach oben, die Augenlider zitterten, und vielleicht dachte ich deshalb, er müßte gleich weinen. Ein merkwürdigeres Lächeln habe ich nie gesehen.

Bevor Schimschon wegfuhr, sind wir alle zusammen in die Reichenbachstraße gegangen. Wir haben in der Synagoge für Benny die Jahrzeitkerze angezündet und Kaddisch gesagt, und weil Mama an diesem Tag nicht kochen wollte, beschlossen meine Eltern, daß wir im Gemeinderestaurant essen. Wir fuhren mit dem Fahrstuhl schweigend in den zweiten Stock und setzten uns an einen Tisch ans Fenster, von wo man den Gärtnerplatz sehen konnte. Wir studierten stumm die Speisekarte, und auch als die Suppe gebracht wurde, fiel kein Wort. Wir hatten gerade zu essen angefangen, als Vater wieder aufstand. Er ging durchs leere Lokal zum Kellner und flüsterte ihm etwas zu, worauf der ihm folgte und beleidigt unsere vollen Teller einsammelte. Mama sah Vater an, sie schüttelte traurig den Kopf, aber er achtete nicht auf sie. Er verschränkte die Arme über der Brust und wandte seinen Blick in Richtung Küche. So saß er da, bis das Hauptgericht kam, und während der Kellner servierte, ließ er ihn nicht aus den Augen. Kaum hatte Vater von dem Fleisch einen Bissen probiert, rief er, diesmal ganz laut, nach dem Kellner, doch der war in der Küche verschwunden. An seiner Stelle tauchte in der Küchentür der Pächter auf, der selbst kochte. Er kam an unseren Tisch und sagte ruhig, wir sollten verschwinden, er hätte auch ohne uns schon Sorgen genug.

Am nächsten Morgen ging Onkel Schimschons Flugzeug. Wir brachten ihn mit Mamas BMW zum Flughafen, und weil die Sicherheitskontrollen so lange dauerten, mußten wir sehr früh losfahren. Die Autobahn nach Riem war leer, doch in der Nacht hatte es geschneit, der Schnee war getaut und gleich wieder gefroren, deshalb kamen wir nur langsam voran. Ich saß mit Onkel Schimschon hinten. Ich sah zum Fenster hinaus, in die Dunkelheit, und stellte mir vor, wie es wäre, wenn wir vier jetzt zusammen eine lange Reise unternehmen würden. Statt in Riem an der Ausfahrt zum Flughafen abzubiegen, würden wir weiterfahren. Wir würden so lange fahren, bis es Tag werden würde, und dann noch weiter, irgendwohin, wo es warm war und hell und ganz anders als bei uns. So träumte ich vor mich hin, und plötzlich fiel mir ein, daß Onkel Schimschon an einem solchen Ort lebte, und ich dachte an die kleinen, weißen Häuschen von Hasorea, an die Sonne, die sich nachmittags im Kibbuz-Swimmingpool spiegelte, und an den starken Blütengeruch, der einem jeden Morgen entgegenwehte, wenn man vor die Tür trat. Ich drehte mich zu Schimschon um, blickte in sein von der Sonne verbranntes Gesicht, das nach drei Wochen Deutschland nicht mehr leuchtendbraun war, sondern aschgrau – und dann nahm ich seine Hand und ließ sie nicht los, bis wir am Flughafen waren.

Danach habe ich Onkel Schimschon nicht wiedergesehen. Er schrieb uns noch ein paarmal, aber seine Briefe waren kurz und nichtssagend. Es ging in ihnen oft ums Wetter und manchmal um Politik, und natürlich wollte er wissen, ob ich Fortschritte in der Schule machte und wie Vaters Geschäfte gingen. Von sich selbst erzählte er fast nie. Er schrieb bloß, bei ihm sei alles in Ordnung und er hoffe, daß wir uns eines Tages vielleicht doch entschließen würden, nach Israel zu kommen, damit er uns wiedersehen könne. In seinem letzten Brief teilte er uns in zwei, drei knappen Sätzen mit, daß er aus Hasorea weggehe, er habe sich in Hadera, wo er ganz am Anfang gewohnt hatte, eine Wohnung gekauft. Wieso er mit fünfundsiebzig Jahren beschlossen hatte, den Kibbuz zu verlassen, haben wir nicht mehr erfahren. Kurz darauf starb er, noch in Hasorea, und als der Anruf kam, überlegten meine Eltern, ob sie hinfliegen sollten. Doch dann sagte Mama, eine Beerdigung in Israel sei für ihr ganzes Leben genug, worauf Vater sie kurz anbrüllte, aber am Ende gab er ihr trotzdem recht.

## 8

Wann immer ich heute an Benny denke, an den schrecklichsten älteren Bruder, den ein Junge jemals gehabt hat, fällt mir ein, daß ich inzwischen fast doppelt so alt bin wie er bei seinem Tod und daß ich, der kleine Bruder von früher, nun der ältere von uns beiden bin. Dann erinnere ich mich an Onkel Schimschon, und ich frage mich jedesmal, wieso er uns damals überhaupt in Deutschland besucht hatte, und ich weiß keine Antwort. Es kann, denke ich, doch nicht sein, daß er den langen Weg von Israel nach München auf sich genommen hatte, nur um mir zu gestehen, er habe Benny angelogen, viele Jahre davor, in Hasorea, als meine Eltern, Benny und ich das erste Mal in Israel waren.

Benny war zu der Zeit acht oder neun, ein übereifriger, ungeschickter Junge, dessen Neugier Onkel Schimschon bezauberte. Sie waren ständig zusammen, Benny begleitete Schimschon morgens auf die Felder, er half ihm in der Gärtnerei, sie ritten aus und sahen den Mechanikern in der Traktorenwerkstatt zu. Abends saßen sie, während ich schlief und meine Eltern Fernsehen schauten, auf der Veranda von Schimschons Häuschen, und Schimschon erzählte Benny von früher, von den ersten Jahren in Palästina und seiner Zeit in Deutschland. Benny hörte staunend zu, er wollte alles genau wissen und fragte oft nach, und wenn ihn eine von Schimschons Erzählungen besonders beeindruckte, seufzte er laut oder klatschte in die Hände vor Freude.

Am lautesten seufzte und klatschte Benny bei der Geschichte, die im letzten Sommer vor der Machtergreifung spielte, in dem Zeltlager bei Wasserburg, wo Schimschon mit hundert anderen jüdischen Pfadfindern aus Bayern den ganzen August verbrachte. Sie hatten von einem Bauern einen Acker gemietet, dort durften sie ihre Zelte aufstellen und einen Mast, an dem ihre blau-weiße Kadima-Fahne flatterte. Tagsüber machten sie Sport und Geländemärsche, abends saßen sie am Lagerfeuer und sangen hebräische Lieder. Sie hatten eine schöne, aufregende Zeit, aber das richtige Abenteuer begann erst, als sie erfuhren, daß die Hitlerjugend von Wasserburg einen Angriff auf ihr Lager plante. Sie stellten nachts Wachen auf, bastelten Speere, Pfeile und Bogen, und als es eines Morgens soweit war, waren sie kaum zu halten. Die Hitlerjungen hatten sich auch bewaffnet. Sie trugen, wie Schimschons Leute, Uniformen, sie hatten ihre Fahrtenmesser dabei und Keulen, und erst in der allerletzten Sekunde, als sie johlend auf die Zelte der Kadimaner zustürmten, tauchte wie aus dem Nichts der Bauer mit einem Polizisten auf dem Lagerplatz auf.

»Wer sind hier die Anführer?« rief der Polizist laut.

Schimschon und ein großer, schwarzhaariger Hitlerjunge mit einem vor Aufregung geröteten Gesicht traten vor.

»Ihr wollt euch schlagen?« sagte der Polizist.

Beide nickten.

»Ihr wollt wissen, wer von euch stärker ist?«

Sie nickten wieder.

»Aber nicht bei mir!« schrie der Polizist sie wütend an. »Ich dulde hier keine Tiere!« Er senkte den Kopf, und dann sagte er ganz leise: »Wenn ihr euch messen wollt, habe ich eine bessere Idee für euch. Sucht die besten Fußballer aus, die ihr habt, und macht gegeneinander ein Spiel.«

So kam es, daß zwei Stunden später eines der merkwürdigsten Fußballspiele angepfiffen wurde, die je stattgefunden haben. Zuerst trauten sie sich nicht, aber schließlich haben die Kadimaner und die Hitlerjungen zusammen hinter der Scheune ein Feld abgesteckt. Sie haben Tore gebaut und aufgestellt, und weil die Deutschen keine Sportschuhe dabeihatten, beschlossen sie, barfuß zu spielen. Sie spielten zweimal dreißig Minuten, sie spielten fair, überlegt und ohne Wut, und als Schimschons Leute mit fünf zu zwei gesiegt hatten, gaben sich die Spieler beider Mannschaften ruhig die Hand. Die Deutschen waren gute Verlierer, sie wirkten traurig und enttäuscht, der Haß schien ihnen aber vergangen zu sein. Bevor sie abzogen, versprachen sie, Schimschons Leute in Ruhe zu lassen, und sie hielten ihr Versprechen.

»Aber was war die Lüge, Onkel Schimschon?« hatte ich in jener Nacht vor zwanzig Jahren gefragt, als Schimschon nicht Benny, sondern mir seine Fußballgeschichte erzählte. Er sah mich stumm an, und seine Augenlider begannen zu zittern. »Wir hatten das Spiel verloren, Junge«, sagte er mit fester Stimme, und dann steckte er sich an seiner abgebrannten Zigarette eine neue an.

Vier

# Elsbeth liebt Ernst

I

Draußen fuhr wieder ein Zug vorbei. Das Pfeifen kam näher, wurde kurz scharf, beinah schrill, und nahm genauso schnell wieder ab. Ernst stützte sich auf die Lehnen seines Stuhls und schaute vom Schreibtisch zum Fenster. Der Zug schoß durch die Nacht, er bohrte sich schräg in den Himmel, und die hellerleuchteten Abteile verschmolzen zu einem einzigen Lichtstrahl. Mit der schönen, weißen Mondsichel darüber wirkte es wie die Illustration aus einem Kinderbuch.

Er wischte sich den Schweiß von der Stirn. Seit er heute früh die Zeitungen gelesen hatte, passierte ihm das alle paar Minuten – er dachte an alles, und sofort kam dieser kalte, brennende Schweiß. Er dachte an die anderen, die auch ihre Leichen im Keller hatten, aber noch nicht erwischt worden waren; er dachte an die Enttarnten, die nicht mehr zitterten; und er dachte an Elsbeth. Wenn es der Zug aus München war, würde sie spätestens in einer halben Stunde dasein. Der Bus wartete auf die Pendler, er fuhr vom Bahnhof nach Vilsheim nicht länger als zwanzig Minuten, und den Rest der Strecke, für den er mit seinem russischen Bein eine halbe Ewigkeit brauchte, legte sie fast jedesmal in neuer Rekordgeschwindigkeit zurück. Es war wie ein Zwang bei ihr. Sie konnte gar nicht langsam gehen, auch wenn sie wollte. Sie hetzte sich ab, als habe sie Angst, nicht anzukommen, und wenn sie zusammen im Aulinger Forst oder in München spazierengingen, mußte er sie am Arm festhalten, damit sie ihm nicht davonrannte.

Als er sie damals in Wien das erste Mal im Café Bräunerhof sah, hatte er sich nicht getraut, mit ihr zu sprechen. Er wußte, wer sie war, er hatte ihr Kriegsbuch gelesen. Sie hatten in dem Jahr alle ihr Kriegsbuch gelesen. Er saß auf der gegenüberliegenden Seite des Tisches und beobachtete Elsbeth durch den Zigarettenrauch der anderen. Hinter ihr war ein Spiegel, und in dem Spiegel war sein Gesicht direkt neben ihrem. Sie sahen sehr schön aus zusammen, und als sich später auf der Straße alle verabschiedeten, hakte sie sich bei ihm ein, sie sagte: »Wo ist dein Hotel?« und zog ihn einfach fort.

Während sie dann eilig durch das abendliche Wien schritten, vorbei an der Albertina und am Burggarten, mußte er ständig an das denken, was sie in ihrem Buch geschrieben hatte. Er sah sie ein paar Jahre vorher genau hier entlanggehen, mit dem Stern, den sie sich freiwillig angenäht hatte, die Mutter – für die sie das alles auf sich nahm – wie ein Kind an der Hand. Wovor hatte sie mehr Angst gehabt? Daß eine Streife auftauchte, nach ihren Papieren fragte und sie beide wegen irgendeiner neuen Verordnung sofort wegbrachte? Oder daß ihnen der Vater entgegenkam, der gleich nebenan in einem der Ministerien arbeitete? Einmal, schrieb sie, hatten sie ihn tatsächlich getroffen. Er war direkt auf sie zugekommen und hatte den Blick von der Mutter nicht abwenden können. Erst nachdem er sich erschrocken zur Seite drehte und vom Bürgersteig auf die Fahrbahn sprang, begriff sie, daß er die Mutter zunächst gar nicht erkannt hatte, daß er sie nur deshalb so angeschaut hatte, weil Männer schöne Frauen immer so anschauen.

Als sie im Hotel ankamen, ging sie mit ihm sofort aufs Zimmer. Sie machte das Licht an und zog sich schnell aus. Er wollte wegen seines Beins das Licht wieder ausmachen, aber sie ließ ihn nicht. Sie streichelte neugierig das viel zu weiche, untrainierte Gewebe seines Oberschenkels, klopfte wie ein Neurologe mit dem angewinkelten Finger gegen sein totes Knie, fragte ihn aber nicht aus. So saßen sie minutenlang da, nackt, im matten Schein der Nachttischlampe, erst dann krochen sie unter die dünne Hoteldecke.

## 2

Draußen war es jetzt völlig ruhig. Ab und zu hörte man den Hund des Bauern von gegenüber, das war alles. Er hoffte, es würde gleich wieder ein Zug kommen. Wenn zwei Züge kurz hintereinander kämen, wäre das vorhin nicht der Zug aus München gewesen, und sie brauchte noch eine Weile.

Er zog am Gummiband, mit dem das Manuskript vor ihm zusammengehalten wurde, und ließ es wieder zurückschnellen. Dreihundertzwanzig Seiten, korrigiert und gerade erst neu abgetippt. Drei Jahre Arbeit, und das Geld hatte er auch schon bekommen. Etwas davon war noch da, aber weil Elsbeth mit ihrer Filmkolumne so wenig verdiente, könnte er dem Verlag nichts zurückzahlen. Das würde er jetzt aber müssen. *Tage der Verwundung.* Vielleicht auch: *Notate aus dem Hintergrund.* Es war ein Witz. Er konnte sich nicht vorstellen, daß sie das Buch so noch nehmen würden. Sein Kriegsbuch. Und wenn er ein paar Seiten dazuschriebe? Es waren doch nur ein paar Seiten, ein paar Monate aus seinem Leben, um die es ging, nicht mehr.

Als Probst ihn gestern mittag angerufen hatte, klang er sehr traurig. Er saß in Hamburg in der Redaktion, und bevor er ihm alles erzählte, sagte er wie immer: »Warte, ich muß die Tür zumachen.« Dann redeten sie eine ganze Stunde. So lange redeten sie oft, aber dabei ging es sonst nie um einen von ihnen. Probst sagte, daß er nicht anders könne, das Material sei da, alle andern hätten es auch gesehen. Sogar die Schellackplatten mit seinen Hörspielen seien im Studio in Přerov gefunden worden. Wenn er sich weigerte, den Artikel zu schreiben, würde er sich noch selbst verdächtig machen. »Aber du kannst doch sagen, daß wir Freunde sind, Probst. Das weiß ja auch jeder«, hatte er zu ihm gesagt. »Dann wird es ein anderer machen«, hatte Probst geantwortet, »und ich stehe schlecht da.« Es war ein Gespräch mit vielen Pausen, und er hatte mehrmals das Gefühl, es ginge zwischen ihnen zu Ende.

Nachdem er aufgelegt hatte, dachte er an ihre Zeit in Prag. Sie saßen in dem großen, modernen Gebäude an den Königlichen Weinbergen, aus dem früher die Tschechen gesendet hatten. Im Sommer wehte durch die offenen Fenster ein milder, kühler Wind hinein, im Winter bauten sie im Hof Schneemänner. In der Mittagspause gingen sie herunter zum Wenzelsplatz. Er konnte sich genau erinnern, wie aufgedreht sie waren, wenn sie sich unter die Menge mischten. Die Menschen eilten zwischen Geschäften, Cafés und Büros mit einer Leichtigkeit hin und her, die er nicht kannte, und diese Stimmung nahm er an seinen Schreibtisch mit. Konnte es wirklich sein, daß Probst und er in Prag denselben Mist geschrieben hatten wie die anderen in Berlin und in Wien? Manchmal hoffte er, irgendwann käme jemand und sagte, lieber Delmont, was Sie damals geleistet haben, gilt über den Tag hinaus. Nun war es so gekommen – aber ganz anders, als er es sich vorgestellt hatte.

## 3

Er hörte, wie sie die Tür aufschloß, und wartete auf den Knall, der fast immer folgte, wenn man die Tür zumachte. Sie ließen wegen der Katzen in der Küche das Fenster auf, und der Zug riß einem, obwohl man es wußte, die Tür aus der Hand. Rumms. Dann war es wieder still. Jetzt legte sie ihren Mantel ab und hängte ihn im Windfang an die Garderobe. Jetzt zog sie ihre Hausschuhe an. Und jetzt betrachtete sie im kleinen Spiegel neben der Treppe ihr Gesicht und fuhr sich mit den Händen durchs Haar. Früher war ihr Haar dicht und glänzte schwarz, seit sie es färbte, war es stumpf und dünn, und sie schaute skeptisch in jeden Spiegel, an dem sie vorbeikam. Als nächstes ging sie bestimmt in die Küche, nahm aus dem Kühlschrank einen Joghurt, schnitt ein Stück Brot ab und aß im Stehen. Wahrscheinlich sah sie dabei, über den Tisch gebeugt, die Post durch. Fünf Minuten, zehn Minuten – länger dauerte das nie. Und dann? Würde sie dann hochgehen und wie immer, ohne hallo zu sagen, im Arbeitszimmer verschwinden, um schnell ihre Kolumne fertigzuschreiben? Oder würde sie an seiner Tür klopfen, hereinkommen und ihm sagen, daß er der niederträchtigste Mensch sei, den sie kenne?

Im Flur und auf der Treppe blieb es still. Draußen fuhr erneut ein Zug vorbei, aber das nahm er kaum wahr. Er konzentrierte sich auf die Geräusche im Haus. Die Heizung sprang an, das Wasser wurde mit einem leisen Zischen durch die Rohre gedrückt, danach war es wieder für ein paar Minuten ruhig. Direkt über ihm, im Dach, knackte die Fernsehantenne, die vom Wind hin und her gedrückt wurde. Aber auch das war bald wieder vorbei.

Endlich hörte er ihre Schritte. Vielleicht sollte er ihr entgegengehen, das würde einen besseren Eindruck machen. Er versuchte aufzustehen – aber es ging nicht. Natürlich wäre es gegangen, hätte er es wirklich gewollt, doch wahrscheinlich wollte er gar nicht. Hier oben, unterm Dach, an seinem Schreibtisch, war alles noch so, wie es sein sollte, wie es immer schon war, seit über dreißig Jahren zumindest. Ein paar Meter weiter begann der Abgrund.

## 4

Es klopfte. Ohne seine Antwort abzuwarten, steckte sie den Kopf ins Zimmer, und die Tür zum Abgrund öffnete sich. Sie sagte: »Toll. Das war heute was! Wir reden später.« Dann schloß sie die Tür wieder, und er begann über den Sinn ihrer Worte nachzudenken.

Es vergingen keine zwei Minuten, und schon hörte er das Klappern ihrer Schreibmaschine. Darum beneidete er sie: Saß sie an ihrem Tisch, begann sie sofort zu schreiben. »Was soll ich dort sonst tun?« sagte sie, wenn er sie damit aufzog. Beim Reden war sie genauso schnell. Sie war schneller als er, schneller als fast alle andern. Es war das Tempo der Vorkriegszeit. Als Probst noch seine Fernsehsendung hatte, lud er sie einmal ein. Er lud sie nicht ein, um Ernst einen Gefallen zu tun; das war gar nicht nötig, sie war ohnehin bekannter als er. Wie auch immer, sie hatte Probst schwindelig geredet. Sie antwortete, noch bevor er seine Frage zu Ende gestellt hatte, sie schüttelte ungeduldig den Kopf, trank vor Langeweile fünf Wassergläser leer und bearbeitete ständig einen unsichtbaren Fleck an ihrem Rock. Am Ende sagte Probst, arrogant an seiner Zigarette ziehend: »Liebe Elsbeth, ich bin nicht so fix wie Sie! Ich muß nachdenken können.«

Ich muß nachdenken können. Das sagte auch er – wörtlich – manchmal zu ihr. Er wußte, wie zweideutig und ausschließlich es klang, vor allem, wenn er das »ich« betonte. Das schlimmste war: Er meinte es so. Ja, er machte einen Unterschied zwischen ihr und sich, und er hätte es naiv gefunden, es nicht zu tun. Wie können zwei

Menschen gleich sein, zwei Völker, zwei Rassen? Sind zwei Blätter gleich? Zwei Fingerabdrücke? Man mußte nur lernen, den Unterschied dem andern nicht zum Nachteil auszulegen. Ihr nicht, aber auch ihm nicht.

So überdreht und hastig, wie sie war – so schwerfällig konnte er sein. Er fragte sich häufig, ob er selbst es mit einem wie ihm drei Jahrzehnte lang ausgehalten hätte. Sie schien es nicht zu stören. Wahrscheinlich liebte sie ihn genau dafür und hielt sein ewiges Zaudern für Charakterstärke. Man beobachtete das ja oft: Südländerinnen hatten meist die blondesten Männer! Natürlich war er nicht blond. Und natürlich war sie keine Südländerin – aber so in der Art. Wenn sie sich stritten, warf sie mit Dingen um sich. Sie war nicht so weinerlich, aber auch nicht so hart wie die Frauen, die er vor ihr getroffen hatte, und hätten sie Kinder gehabt, sie hätte sie erdrückt mit ihrer hektischen Liebe. Schade, daß er nie mit ihr über diese Dinge geredet hatte. Jetzt war es vielleicht zu spät.

## 5

»Wo warst du den ganzen Tag?« sagte sie.

Sie hatte sich auf den Besuchersessel neben seinem Schreibtisch gesetzt, und weil der Sessel zu niedrig war, sah er zwischen all den Büchern, die sich auf dem Tisch stapelten, und seiner abgedeckten Schreibmaschine nur ihr Gesicht.

»Ich war zu Hause«, sagte er.

»Ich habe angerufen.«

»Ja?«

»Ja.«

»Warum?« Er hielt die Luft an.

»Du bist einfach nicht ans Telefon gegangen«, sagte sie. »Na gut, das kann man machen.«

»Was?«

Er hörte, wie sie mit den Fingern auf der Sessellehne trommelte. »Bin ja auch froh, wenn ich im Kino sitze und meine Ruhe habe.«

Er seufzte.

»Delmont«, sagte sie. »Ernst Delmont ...«

Er rutschte in seinem Stuhl hoch. »Ja?«

»Liebst du mich?«

»Natürlich.«

»Warum liebst du mich?«

Er schwieg. Er sah sie durch die Bücher- und Papierstapel an – und schwieg.

»Du denkst nach?«

Er nickte.

»Denk nach«, sagte sie. »Ich muß sowieso noch meinen Text durchgeben.«

»Ach so ...«

»Ja.«

Sie stand auf.

»Warum hast du gefragt?« sagte er.

Sie lächelte ihn müde an. »Du mußt diesen Film auch sehen«, sagte sie ruhig, »du mußt ihn sehen ...«

»Truffaut, ja?«

»Ja.«

»Weißt du ...«

»Ich weiß«, sagte sie, »der ist aber anders.«

»Ja?«

»Ja.«

»Elsbeth?«

»Ja?«

»Hast du heute keine Zeitung gelesen?«

Sie lächelte wieder, noch müder, noch trauriger. Sie sagte nichts, und er wartete, ob sie nicken oder den Kopf schütteln würde. Nichts.

»Ich gehe jetzt telefonieren. In Ordnung?« sagte sie. »Weißt du, ich bin plötzlich furchtbar müde.«

»Ja«, sagte er, »natürlich.«

## 6

Gezwungen hatte ihn keiner. Es war Langeweile gewesen, vor allem Langeweile. Aber natürlich wußte er auch, daß sie einen wie ihn nicht ewig in Bernheide in der Schreibstube sitzen lassen, sondern früher oder später mit den andern an die Front schicken würden. Die Offiziere wurden von Tag zu Tag mürrischer, manche rasierten sich kaum noch und ließen ihr Haar bis zum Kragen wachsen. Und daß immer mehr Kameraden über ihre Frauen und Kinder zu reden begannen, nachdem sie sich monatelang mit nichts anderem als den Mädchen aus der Schwarzen Rose beschäftigt hatten, beunruhigte ihn besonders. Solange noch Zeit war, wollte er weg, sich vielleicht sogar bis zum Ende des Kriegs beim Rundfunk retten. Außerdem brauchte das Klärchen für ihr Morphium ständig Geld, und das konnte er als kleiner Gefreiter nicht verdienen.

Er hatte eine lange Liste geschrieben, die Probst für ihn in Berlin einreichte. Es waren an die zwanzig, fünfundzwanzig Vorschläge, das meiste unverfänglicher historischer Kram, Lord Nelson und Lady Hamilton in Kairo, der Aufstand der Goldminenarbeiter von Johannesburg, Büchners letzte Tage. Er wußte selbst nicht, warum er den Xantener Knabenmord auf seine Liste gesetzt hatte, wahrscheinlich wollte er sich unverdächtig machen, wollte zeigen, so was könne er auch. Als ihm Probst schrieb, der Arbeitsurlaub sei vom Ministerium bewilligt, er könne zu ihm nach Prag kommen und dort die Aufnahmen machen, dachte er nicht darüber nach, mit wem er sich eingelassen hatte. Und als er anfing? Als er im Rudolfinum in der Bibliothek saß und schrieb und später mit den Schauspielern im Studio arbeitete? Als er überlegte, ob sein erstes Hörspiel *Die Juden von Xanten* oder *Ritualmord am Rhein* heißen sollte? Als er wütend den Brief von der Heeresleitung zerriß, in dem er aufgefordert wurde, sofort seinen Arbeitsurlaub abzubrechen?

Wenn es zu einem Prozeß käme, würde er guten Gewissens schwören können, daß er ahnungslos war. Leider fanden Prozesse gegen solche wie ihn nicht in Gerichtshöfen statt, wo ein Schwur noch etwas galt. Männer wie er wurden in Magazinen und im Fernsehen verurteilt, und dort stellten sie einem nicht einmal einen Anwalt. Nein, würde er trotzdem sagen, wenn man bereit wäre, ihm zuzuhören. Nein, er hatte wirklich nicht an die Folgen dessen gedacht, was er tat! Wie auch? An wen sollte er in der Zeit mehr denken als an sich selbst? Gerade noch saß er mit Probst am Lorettaner Kloster auf der Terrasse ihrer Weinstube, um sie herum fielen die reifen Kastanien auf die Blechtische und Kieselwege, die Spätsommersonne wärmte ihre Oberarme und färbte die Dächer der Kleinseite dunkelorange. Und im nächsten Moment preßte er sich in einen eisigen, von den eigenen Leuten vergessenen Gefechtsstand gegen den Boden, die Russen rasierten mit ihrem MG den kahlen Baum über ihm weg, an dem tagelang sein Maschinengewehrschütze mit abgeschossenen Händen und leeren Augen gehangen hatte, und als der Mann, oder das, was von ihm übriggeblieben war, auf ihn heruntersegelte, sprang er angeekelt hoch, und sofort spürte er wieder den Splitter in seinem Bein, der dort seit Stunden steckte. An wen, bitte, sollte man da denken, wenn nicht an sich selbst?

## 7

»... und am Ende, Komma, allein, Komma, drückte sie ein zweites Mal ab, Punkt«, hörte er Elsbeth durch die Wand am Telefon sagen. »Haben Sie das, Frau Siegle? Ja... ja. Letzter Satz: Dann richtet sie die Waffe gegen sich, Komma... gegen sich, ja, und aus der Dunkelheit wird Licht, Gedankenstrich, im Kino, Komma, im Leben, Komma, in der Wirklichkeit. Punkt – ja. Danke, Frau Siegle. Ja. Adieu.«

Sie legte laut auf, wie immer, und es wurde still. So still war es vorhin, als er noch allein im Haus war, nicht gewesen. Er lehnte sich zur Seite und preßte das Ohr gegen die Wand. Für einen Augenblick kam es ihm vor, als hörte er sie in ihrem Zimmer atmen, aber das war natürlich nur Einbildung. Er setzte sich wieder gerade hin. Er umarmte das Manuskript, das immer noch so schön gestapelt vor ihm auf dem Tisch lag, und legte den Kopf darauf. Das Papier kühlte seine Wange, seine Schläfe, und er dachte, er könnte es doch auch verbrennen. Verbrennen war immer gut. Wer seine eigenen Sachen vernichtete, konnte kein ganz schlechter Mensch sein, der war zumindest zur Selbstkritik fähig.

Er schloß die Augen, und als er sie aufmachte, war er nicht sicher, ob er ein paar Minuten geschlafen hatte. Doch, er hatte geschlafen, und das merkwürdige Rumpeln, das von nebenan aus ihrem Zimmer kam, hatte ihn geweckt. Ein solches Geräusch hatte er hier noch nie gehört. Das Rumpeln wurde ab und zu von einem dumpfen Stoß unterbrochen, manchmal auch von mehreren Stößen.

Aufstehen, jetzt, sofort. Er mußte das mehr als einmal zu sich sagen, und bis er endlich die Kraft gefunden hatte, tatsächlich aufzustehen, den Stuhl zurückzuschieben, einen Fuß vor den andern zu setzen, die Türklinke herunterzudrücken, in den kalten, dunklen Flur hinauszutreten, an ihrer Tür zu klopfen, die Klinke herunterzudrücken, hineinzugehen – bis er sich dazu aufgerafft hatte, verging eine kleine Ewigkeit.

»Ach, Ernst«, sagte sie. Sie stand mitten im Zimmer,

wegen ihrer lädierten Hüfte leicht zur Seite gebeugt, und stützte sich mit einer Hand am Schreibtisch ab. In der anderen Hand hielt sie das Berlinbuch von Chargesheimer, und dann sagte sie nochmal »Ach, Ernst« und warf den großen, schweren Band in eine Umzugskiste, die vor ihr stand. Eine zweite Kiste, vollgepackt mit Büchern, stand zwischen ihnen und versperrte den Weg, aber das war egal. Er würde ohnehin nicht auf sie zustürzen, sie umarmen und anflehen, sie solle bleiben.

»Woher hast du die Kisten?« sagte er. Das war das einzige, was er jetzt sagen konnte.

»Habe ich nie weggeworfen. Sind noch von damals, als wir aus der Holbeinstraße hergezogen sind.«

»Ja. Natürlich.«

»Ja ...«

Sie sahen sich schweigend an.

»Hm«, sagte er.

»Es dauert nicht mehr lange«, sagte sie und zog aus dem halbleeren Regal zwei Bücher auf einmal heraus.

»Nein?«

»Ich muß es heute noch machen. Morgen früh kommt jemand von Kitzinger und holt alles ab. Hast du noch Bücher, die du verkaufen willst?«

»Nein. Ja. Ich weiß nicht. Soll ich schauen?«

»Wie du willst.«

»Ja. Vielleicht.«

Er lächelte sie an, sie lächelte zurück, und dann drehte er sich weg und ging hinaus. An der Treppe blieb er stehen und sah sich nach ihr um. Sie war eine kleine, süße, alte Frau, aber so wie sie dastand, in ihrem hellerleuchteten Zimmer, ein bißchen schief und steif, kam sie ihm jetzt trotzdem sehr fremd vor.

## 8

»Ich gehe kurz raus, ja?« sagte er.

Er stand wieder an ihrer Tür und hielt das Manuskript so, daß es vom Türrahmen verdeckt wurde.

»Jetzt noch?«

»Ja.«

»Fühlst du dich nicht gut?«

»Doch.«

Sie sah ihn prüfend an. »Komm her«, sagte sie.

Er legte das Manuskript auf den Schuhschrank im Flur und trat auf sie zu. Sie berührte mit der Hand seine Stirn. Er mochte es, wenn sie mit der Hand seine Stirn berührte. Sie war immer ein wenig kühl, nicht zu weich und nicht zu hart, und man spürte sofort Elsbeths ganze Kraft. »Nein«, sagte sie, »kein Fieber.«

»Sag' ich doch.«

»Bleibst du lange?« sagte sie.

»Nein.«

»Ich werde schon ins Bett gehen.«

»Ja«, sagte er, »gute Nacht.«

Draußen war es nicht so kalt, wie er gedacht hatte. Obwohl es langsam Frühling wurde, fror es nachts meistens noch – aber heute nicht. Die Luft war weich und hatte ein angenehmes Aroma. So hatte es damals in Wien gerochen, und jedes Jahr, wenn der Frühling kam, mußte er daran denken, wie sie sich dort kennengelernt hatten. Er dachte an ihre Nächte im Hotel, an die Spaziergänge im Prater, an die belegten Brote von Trzesniewski, die Ausflüge nach Neuwaldegg. Oft saßen sie stundenlang im Bräunerhof, jetzt ohne die andern. Jeder saß an seinem Tisch und schrieb, und wenn sich ihre Blicke trafen, machte sie das nicht verlegen; mal lächelten sie sich zu, mal sahen sie gleich wieder weg. Er wollte nur ein paar Tage in Wien sein, aber er blieb fast ein halbes Jahr, und als er nach München zurückkam, hatte sich das Klärchen in Luft aufgelöst. Sie hatte ihre Bilder mitgenommen, ihre Kleider und ihre Spritzen, und den Rest ihrer Sachen schmiß er nach ein paar Wochen weg. Danach ließ er die Wohnung neu streichen, und während die Maler damit beschäftigt waren, alles fertigzumachen, holte er Elsbeth mit dem Wagen aus Wien.

Er atmete noch einmal tief ein, dann humpelte er los. Er wollte auf die andere Seite des Bahndamms, zu der kleinen Wiese, wo im Sommer manchmal die Jungen aus dem Dorf nachts Musik spielten und tranken. Dort gab es sogar eine richtige Feuerstelle. Er stellte sich vor, wie die Flammen an dem hohen weißen Papierrand leckten, wie die einzelnen Blätter des Manuskripts in Sekundenschnelle braun wurden, sich zusammenrollten und zu dunkler Asche zerfielen, und er spürte jetzt schon die Erleichterung darüber, das alles bald los zu sein. Eigentlich, dachte er, sollte man jedes Buch, das man schreibt, verbrennen. Man sollte nur schreiben, um zu schreiben; das würde die Bücher besser und ehrlicher machen, und man hätte jedesmal das beglückende Gefühl des Neuanfangs.

An der kleinen Bahnunterführung, deren Mauerwerk seit Jahren bröckelte, blieb er stehen. Er hatte das Haus noch nie von hier aus betrachtet. Es hob sich klein und schwarz gegen den blauen Nachthimmel ab; mit dem spitzen Dach und den gelb leuchtenden Fenstern wirkte es einladend und freundlich, und er mußte wieder an eine Illustration aus einem Kinderbuch denken. Probst und die anderen hatten alle Kinderbücher geschrieben, für jedes ihrer Kinder mindestens eins. Er hätte so etwas auch gern einmal gemacht. Aber für wen? Es lag an Elsbeth, daß sie allein geblieben waren, er selbst hatte leider nie gedrängt. Männer zögerten doch immer, also waren es die Frauen, die dafür sorgen mußten, daß sie schwanger wurden. Das hatte Elsbeth aber nicht getan. Dabei war sie keine von denen, die sagten, wir leben in einer Welt, die wir unseren Kindern nicht zumuten wollen. Sie war gern hier, sie strich bei ihren Spaziergängen über die Spitzen der Gräser und Sträucher, sie konnte im Lenbachhaus eine halbe Stunde vor einem Bild verharren und darüber vor Glück in Tränen ausbrechen, und oft sah sie auf der Straße lange einem fremden Kind hinterher.

Einmal hatte sie eine Andeutung gemacht, nur ein einziges Mal, gleich am Anfang. Sie standen in Wien am Schwarzenbergplatz, und sie sagte, hier habe sie gestanden, als die Verwandten abfuhren – und dann erzählte sie ihm, daß das Leben ihrer Mutter immer nur von ihr abhing, sieben endlose Jahre lang. Hätte sie sich von ihr losgesagt, wäre die Mama am nächsten Tag weg gewesen. »Ich war ihre Mutter, verstehst du, sie machte keinen

Schritt ohne mich. Auch davon muß ich mich erst mal erholen«, hatte sie gesagt. Und sie hatte ihn am Mantelkragen gepackt und zu sich heruntergezogen, und nachdem sie ihm einen kurzen, harten Kuß auf die Lippen gepreßt hatte, zischte sie: »Laß uns nie wieder über Politik reden, nie wieder, ja?«

Die Lichter im Haus gingen nacheinander aus. Zuerst bei ihr im Arbeitszimmer, dann unten im Wohnzimmer und in der Küche. Das Licht im Bad ging kurz an und wieder aus, wenig später erlosch das Licht im Schlafzimmer. Nun war das Haus völlig dunkel. Kurz darauf ging das Licht im Schlafzimmer wieder an, und Elsbeths Schatten tauchte am Fenster auf. Sie stand reglos da und schaute hinaus, und obwohl er es von hier gar nicht sehen konnte, schien es ihm, als ob sie zitterte. Vielleicht war es auch nur der Vorhang, der sich im Wind bauschte. Und was ist, dachte er plötzlich, wenn sie von mir kein Kind wollte?

## 9

Seine erfolgreichstes Nachkriegshörspiel hieß *Der Waggon*. Großeltern, Eltern und Kinder sitzen mit Dutzenden anderer in einem Viehwaggon und fahren endlos dahin. Sie sind seit vierzig Jahren unterwegs, sie wissen nicht, wohin die Reise geht, und sie wissen auch nicht, wer sie in den Zug gesetzt hat. Es könnten Leute von der Feuerwehr gewesen sein, vielleicht auch Polizisten. Ab und zu reicht ihnen jemand Essen herein, dann fällt ein kleiner Lichtstreifen auf den Boden, und sie überlegen, wie es auf der anderen Seite der dunklen Waggonwände aussehen könne. Sie haben die Welt draußen längst vergessen, und als einmal die Waggontür von selbst aufspringt, halten sie, von der Helligkeit geblendet, diesen Blick nicht aus und schließen die Tür wieder, statt zu fliehen.

Er bekam für das Stück den Hörspielpreis der Kriegsblinden, einen der ersten. Das bedeutete viel Geld, die Aussicht auf neue Aufträge – und einen schrecklichen Abend in der Bonner Philharmonie. Elsbeth war mit ihm nach Bonn gekommen, sie waren vom Bahnhof gleich zur Festveranstaltung gefahren, und als sie, von der Reise noch etwas benommen, das Foyer betraten, wurde ihm ganz schlecht beim Anblick all der Blinden und Krüppel, die in ihren ärmlichen Anzügen und Smokings aus dem Kostümverleih in den Saal hineinströmten. Das war wie das Jüngste Gericht, die Kriegstoten stiegen aus ihren Gräbern, und er war einer von ihnen.

Der Mann, der ihm den Preis – zwei ineinander verschlungene Bronzehände – überreichte, war natürlich auch blind. Er stand leicht verdreht vor ihm auf der Bühne, und alle paar Sekunden änderte er nervös die Position. Über seinem Arm hing sein Stock, und als er ihm die schwere Skulptur gab, schlug der Stock gegen Ernsts totes Knie. Ernst blickte ihm direkt in die zuckenden, weißen Augen. Er tat es, weil er das mußte, aber er war sicher, daß jeder im Saal, der noch sehen konnte, spürte, wie unangenehm ihm das war. Dann spielte das Orchester ein paar Schubert-Lieder, dann kam Ernsts Rede, und dann ging es gemeinsam in Böttchers Weinkeller. »Wir müssen Sand, nicht Öl im Getriebe der Welt sein«, hatte er in der Rede gesagt, und dieser Satz prangte seitdem auf der Rückseite aller seiner Bücher. Später, bei Böttchers, klopfte ihm plötzlich auf der Toilette der andere mit seinem Stock auf die Schulter und sagte: »Sehr richtig, Meister, was Sie sagen. Aber alles zu seiner Zeit.« Er mußte fürchterlich husten, dann bellte er im fröhlichen Unteroffizierston: »Und weitermachen!«

Als er Elsbeth im Hotel von der Begegnung im Waschraum erzählte, hatte sie nicht viel dazu gesagt. Also wollte er zumindest von ihr wissen, ob er den Preis verdient habe, und sie sagte sofort ja. Sie sagte: »Du hast diesen Preis verdient« – aber er konnte sich nicht mehr erinnern, wie sie den Satz betont hatte. Man konnte ihn so oder so betonen und auf die Art zwei ganz unterschiedliche Sachen sagen. Meinte sie *diesen* Preis? Den Preis der deutschen Soldaten und Weltvernichter? Oder meinte sie diesen *Preis*, einen der wichtigsten literarischen Preise überhaupt? Wahrscheinlich hatte sie einen dritten Weg gefunden, den Satz auszusprechen, um ihn im Ungewissen zu lassen. So genau wußte er das nicht mehr. Er wußte nur, wie er hinterher in die Hotelbar gegangen war, allein, ohne sie, und wie er dort bei einem Pils lange darüber nachgedacht hatte, wie um Gottes willen er auf die Idee mit dem Waggon gekommen war – und warum keiner, nicht einmal sie, ihm gesagt hatte, daß das einfach nicht ging.

## 10

»Also«, sagte sie, »warum?«

Er hatte bestimmt schon seit zehn Minuten neben ihr im Bett gelegen und gedacht, daß sie schläft. »Schläfst du nicht?« sagte er.

»Doch«, sagte sie, »aber ich rede im Schlaf.«

Er lachte leise, und sie lachte auch.

»Sag doch – warum?« sagte sie.

»Warum was?«

»Warum liebst du mich?«

Er antwortete nicht. Er spürte wieder den brennenden Schweiß auf der Stirn, und er wischte ihn unauffällig am Kissen ab.

»Na gut«, sagte sie. »Hast gar nicht darüber nachgedacht.« Sie setzte sich im Bett auf und sah ihn von der Seite an.

Er setzte sich auch auf. »Doch«, sagte er. »Ehrlich gesagt …«

» … du weißt es nicht?«

»Weißt du es?«

»Dieser Film heute …«

»Ja?«

»Bernard und Mathilde. Sie haben sich getrennt, haben sich acht Jahre nicht gesehen. Jetzt sind sie plötzlich Nachbarn, und beide haben jemand anderen. Und warum fängt es wieder an?«

»Warum?«

»Es fängt wieder an, weil es nicht geht. Und so geht es immer weiter. Mal sagt sie, daß es nicht geht, mal er. Sie lieben sich bis zur Raserei. Bis sie ihn ersticht.«

»Elsbeth ...«

»Sie kommt nachts zu ihm nach Hause, seine Frau und das Kind sind längst weg, sie schläft mit ihm und dann ...« Elsbeth beugte sich schnell zu ihm vor und stieß ihm, als halte sie selbst ein Messer in der Hand, die Faust in die Seite. »Und dann macht sie ihn tot!«

»Ich war jung damals, Elsbeth.«

»Ich auch, Ernst.«

»Aber warum hast du dann –«

»Und warum hast du? Warum hast du mit einer wie mir etwas angefangen?«

Statt zu antworten, drehte er sich, wie es ihm die Krankengymnastin beigebracht hatte, langsam auf die Seite und drückte sich mit dem Arm hoch. Er saß jetzt auf der Bettkante, mit dem Rücken zu ihr, und sagte: »Wirst du weggehen?«

»Nein.«

»Nein?«

»Nein ... Bin doch bis jetzt auch nicht weggegangen.«

Er wandte sich ihr zu und schaute sie an. Im nächtlichen Zwielicht sah sie wieder jung aus, fast wie damals.

»Ich war deine Anne Frank«, sagte sie langsam. »Das war ich doch, oder?«

Er antwortete nicht, und das war für sie offenbar Antwort genug.

»Ja. Ich war deine Anne Frank. Ich war deine Überlebende. Ich war die, die du höchstpersönlich versteckt hast.«

Er schüttelte stumm den Kopf. Nein, dachte er, das ist einfach nicht wahr.

»Aber hast du mal überlegt«, sagte sie, »hast du überlegt, wie sich dieses Mädchen gefühlt hätte, wäre es durchgekommen? Bei wem, meinst du, hätte sie die Schuld gesucht, Ernst? Bei sich … Bei sich!«

»Und wer war ich für dich?!« schrie er sie plötzlich an, er, der sonst nie schrie. Er sprang vom Bett auf, ging zwei Schritte vor, zwei zurück und zitterte am ganzen Leib. »War ich dein Hitler?! Sag schon! Jetzt sag's!«

Im nächsten Moment stand er in der Tür, er wußte gar nicht, wie er so schnell hingekommen war, und er wunderte sich, daß er kaum noch humpelte. Er knallte die Tür hinter sich zu und rannte wie ein Zwanzigjähriger die Treppe zum Arbeitszimmer hinauf.

## 11

Sie hatten ihn nie gefragt! Sie wollten immer nur von ihm wissen, wie das Leben werden soll, nicht, wie es war. Einmal war diese junge Frau bei ihm gewesen, die später ihre Schreibmaschine gegen eine MP eintauschte. Sie machte ein Interview mit ihm, das gar keins war. Wohin strebt der Kapitalismus? Wer sind die neuen Faschisten? Stirbt die Literatur? Das waren ihre leeren Fragen gewesen. Als er sie Jahre später im Fernsehen sah, wie sie die Gangway zu einem Flugzeug bestieg, das sie nach Marokko oder Libyen oder wohin auch immer ausfliegen sollte, war er trotzdem stolz auf sie. Sie und acht andere aus ihrer Gruppe waren gegen jemanden ausgetauscht worden, und er begriff in dem Augenblick, sie würden immer weitermachen, sie würden nie aufgeben auf der Suche nach etwas Besserem.

Er stand vom Schreibtisch auf und ging zum Fenster. Er humpelte wieder stark, und das Bein, das er seit siebenunddreißig Jahren nicht mehr gespürt hatte, tat ihm weh. Nachdem er das Fenster geöffnet und sich kurz hinausgelehnt hatte, setzte er sich wieder hin. Er hatte nur den Pyjama an, darum wurde ihm schnell kalt, aber das war egal. Die kühle, nächtliche Frühlingsluft strömte ins Zimmer und machte ihm gute Laune. Vielleicht keine wirklich gute Laune, aber eine etwas bessere bestimmt.

Er wollte noch einmal Probsts Artikel lesen. Die anderen Zeitungen hatte er heute morgen sofort wieder weggeworfen, nur den *Spiegel* hatte er behalten. Er schaute ins Inhaltsverzeichnis, wegen der Seitenzahl, und entdeckte schon dort ein Foto von sich: er als Soldat, auf Heimaturlaub, zusammen mit dem Klärchen. Damals sah er ein bißchen wie Heinz Rühmann aus, das hatten viele gesagt, das schmale Gesicht, die Lachgrübchen, die Geheimratsecken mit dem wilden, hochstehenden Haar, die kleine Hornbrille. Das Klärchen lachte auch, sie hatte diese lächerliche UFA-Frisur mit der großen, kunstvoll hochgedrehten Welle im Nacken, und sie gab ihm, den Blick in die Kamera gerichtet, einen Kuß auf die Wange. Sie wußte immer, wo die Kamera steht – das war schließlich ihr Beruf, auch noch Jahrzehnte später, wenn sie, der berühmteste Junkie Deutschlands, in irgendwelchen Fernsehshows schlechte Chansons sang.

Seite 178. Ab Seite 178 wurde er von seinem besten und ältesten Freund wie ein Fremder hingerichtet. Ein langer Text – Probst konnte nie kurz schreiben – und noch mehr Fotos. Die meisten waren aus den Fünfzigern und Sechzigern, und kaum begann er, sie zu betrachten, hatte er den Geruch dieser Zeit in der Nase, den allgegenwärtigen Geruch von Zigarettenrauch und feuchten Kleidern. Er sah nun gar nicht mehr wie Heinz Rühmann aus, er ähnelte eher Adolf Eichmann, fand er. Die Lachgrübchen waren weg, dafür war die Brille größer und dunkler, und er wirkte wie die unvollkommene Kopie eines deutschen Beamten – traurig, verbissen, verwirrt.

Er blätterte langsam weiter, er las, weil er inzwischen zu müde war, nur die Zwischenüberschriften und die kurzen Texte unter den Bildern, und er dachte immerzu, ich bin erledigt. Auf der letzten Seite dann ein Foto von ihm – und ihr. Es waren noch ein paar andere mit auf dem Foto, das war 1967 im Literarischen Colloquium in Berlin, in einer Pause. Elsbeth sah man im Profil, man sah, wie sie ihn liebevoll von der Seite anschaute, während er der Gruppe etwas erklärte. Sie lächelte selbstbewußt und hingebungsvoll, wie nur sie es konnte, und er hoffte, genau diese Elsbeth könnte jetzt aus dem Bild heraustreten und ihn umarmen und ihm etwas Tröstendes zuflüstern.

»Kommst du nicht endlich ins Bett?« hörte er sie in der Sekunde sagen.

Er drehte sich um. Sie stand hinter ihm, in der Tür, und weil es im Zimmer so kalt war, hatte sie die Arme um den Oberkörper geschlungen. Sie hatte ihr langes, dunkelblaues Nachthemd an, das er so haßte.

Er zuckte mit den Schultern.

»Was machst du hier überhaupt noch?« sagte sie zärtlich. Sie trat auf ihn zu und beugte sich über ihn, und als sie die Zeitschrift sah, die vor ihm auf dem Schreibtisch lag, zog sie sie langsam weg. Er hatte die Arme darüber gelegt, um sie zu verdecken, aber es hatte nichts genützt. Sie machte die Zeitschrift zu und schob sie zur Seite.

»Für heute ist es genug, Ernst«, sagte sie, »gehen wir schlafen.« Sie beugte sich wieder zu ihm herab, umarmte ihn fest und küßte ihn lange auf den Mund. Er hielt die Luft an, wie schon seit Jahren, wenn sie ihn küßte, aber dann atmete er doch weiter. Ihre Zungen berührten sich, und als er anfing, laut zu atmen, löste er sich aus ihrer Umarmung und sagte: »Ja, laß uns gehen.«

Elsbeth schlief hinterher gleich ein. Er schlief auch bald und träumte von dem jungen Mann, der ihn vorhin, als er draußen sein Feuerchen machen wollte, angesprochen hatte. Er hatte, obwohl noch gar nicht die richtige Jahreszeit dafür war, auf der Lichtung gesessen, etwas abseits, er hatte Bier aus der Dose getrunken, eine Zigarette geraucht und mit einem Walkman Musik gehört. Ernst hatte ihn zuerst gar nicht bemerkt, und als sie ins Gespräch kamen, hatte er ihm sofort alles erzählt. Nachdem er fertig war, sagte der junge Mann, er verstehe nicht viel von diesen Dingen, er arbeite bei der Post, das sei natürlich etwas ganz anderes – aber er würde es nicht tun. Nein, bestimmt nicht. Dann saßen sie noch eine Weile stumm nebeneinander, Ernst rauchte eine Zigarette mit ihm und ging bald nach Hause.

Und genau das träumte er jetzt wieder, und es war ein wunderschöner Traum.

Fünf

# Ein ganz normales Leben

## I

Manchmal sah Emi wie David aus, obwohl sie ein Mädchen war. Es war kaum auszuhalten. Wenn sie sich konzentrierte, biß sie genau wie er auf ihre Zungenspitze. Sie hatte wie er diesen großen Bondy-Schädel, und ihr Hals war wie bei allen Bondys etwas zu kräftig – jedenfalls für ein Mädchen, das jeder so hübsch fand. Joel sah gar nicht wie David aus, und er ähnelte auch Ilanit kein bißchen. Er war ein kleiner rumänischer Krieger, schon als Baby athletisch und schlank, mit diesen schmalen, fast asiatischen Augen, die sie in Clarissa-Maes Familie fast alle hatten – alle, außer Clarissa-Mae.

Hadi sah zur Seite. Neben ihnen, auf der Böschung, hinter der das Kieswerk anfing, lag ein Liebespaar. Sie waren nicht älter als achtzehn, und wann immer der Junge das Mädchen küßte, versuchte er unauffällig, ihre Brust zu berühren. Hadi schaute die beiden gern an, er lächelte ihnen mehrmals zu, aber sie bemerkten ihn nicht. Sie lagen bestimmt schon seit zwei Stunden auf ihrem Snoopy-Badetuch in der Sonne, und Hadi hoffte, sie würden endlich mal ins Wasser gehen, damit er sich die Figur des Mädchens ansehen konnte.

»Soll ich dir etwas mitbringen?«

Hadi sah Clarissa-Mae an.

»Ich hol' mir etwas zu trinken«, sagte Clarissa-Mae. »Möchtest du auch was?«

»Wo sind die Kinder?«

»Im Wasser.«

»Allein?«

»Ich seh' sie.«

»Ich seh' sie nicht ...«

»Du bist ja auch nicht die Mutter.« Sie sah ihn ziemlich merkwürdig an, dann ging sie los.

»Eine Fanta!« rief Hadi ihr hinterher.

Nach Emis Geburt hatte Clarissa-Maes Körper genauso ausgesehen wie vorher, aber von Joel hatte sie sich nicht mehr erholt. Sie hatte zwar schnell wieder abgenommen, nur nützte das nicht viel. Besonders, wenn sie so braungebrannt war wie jetzt, sah man ihrer fadenscheinigen Haut die Tortur an, die ihr einmal zuviel angetan worden war. Am schlimmsten fand Hadi, daß er Clarissa-Mae kaum noch spürte, wenn er in ihr war, aber das konnte er ihr natürlich nicht sagen. Einen schönen Gang hatte sie allerdings immer noch. Sie war nicht so ein Trampel wie die meisten anderen jüdischen Frauen, sie trat zuerst mit den Fußspitzen auf, und das ließ sie beim Gehen manchmal ein wenig schweben.

»Warte«, rief Hadi laut, »warte doch!«

In der Sekunde verschwand Clarissa-Mae hinter einem Sonnenschirm. Sie tauchte gleich wieder auf, aber dann verlor sich ihr halbnackter Körper endgültig zwischen den Körpern der anderen Badegäste.

Wie war das eigentlich bei Ruthi gewesen? Hatte sie die Geburten besser überstanden? Hadi blickte in den grauen Himmel, der genauso flach und langweilig wirkte wie der rechtwinklig in die Landschaft hineingegrabene Baggersee vor ihm. Es war einer der heißesten Sommertage, seine Haut glühte in der Hitze – aber der Himmel war fast so trüb wie an einem Winternachmittag. Links, wo die Wasserski-Anlage war, hellte er leicht auf, doch das lag wahrscheinlich nur an den BMW-Montagehallen daneben, von deren langen Aluminiumdächern das spärliche Sonnenlicht, das von oben durchkam, an die Wolkendecke reflektierte. Es war typisch: Jetzt fuhren sie einmal raus – und landeten ausgerechnet hier. Die ganze Gegend bestand nur aus Schnellstraßen, Fabriken, Möbelhäusern und Autogeschäften, vor denen große weiße und blaue Fahnen im heißen Augustwind flatterten. Es gab in der Nähe auch ein Kernkraftwerk; an dem waren sie auf dem Hinweg vorbeigekommen, und sie hatten es alle vier lange nicht geschafft, den Blick von dessen gigantischer Betonkuppel loszureißen.

Hadi legte die Zeitung weg, dann setzte er sich langsam auf. Er wischte sich den Schweiß von der Brust und betrachtete die braunen Flecken auf seinem rechten Schienbein. Die Flecken kamen von den Kopfschmerztabletten. Er hatte alles ausprobiert, was es sonst gab, aber ihm halfen nur diese Tabletten. Eine Weile dachte er, es würde wieder besser werden. Jetzt sah er, daß die ersten Flecken bereits die Knöchel bedeckten. Na und – *sie* war zu weit, und *er* hatte eben Flecken. Außerdem war er fast zwanzig Jahre älter als sie.

Er nahm die Zeitung und versuchte weiterzulesen. Er konnte sich nicht erinnern, wo er aufgehört hatte, also begann er nochmal auf der ersten Seite. Es war wahrscheinlich der Artikel über die Neuwahlen in Israel gewesen. Sie wollten Scharon wählen, und die ganze Welt fand das verrückt. Als er Ruthi kennenlernte, hatte Scharon seine beste Zeit gehabt. Er hatte mit fünf Panzern halb Ägypten erobert und damit drei Millionen Israelis das Leben gerettet. Ruthi und er hatten Scharon geliebt. Sie alle liebten damals Scharon.

## 2

Als Hadi den Blick hob, um zu sehen, wo Clarissa-Mae blieb, entdeckte er David und Ilanit. Sie gingen am Wasser entlang – sie, die große Schwester, hielt ihn an der Hand und schaute sich ständig nach ihm um. Er legte den Kopf auf die Seite, wie immer, wenn er etwas vorhatte, und plötzlich riß er sich lachend los, und sie rannte schimpfend hinter ihm her. Nachdem sie im Menschengetümmel verschwunden waren, versuchte Hadi wieder zu lesen, aber es ging nicht. In Wahrheit konnte er überhaupt nicht mehr lesen, seit es passiert war.

Er sah David und Ilanit oft. Er sah sie manchmal aus dem Auto, wie sie irgendwo in der Stadt um die Ecke bogen, er sah sie in der U-Bahn, die ihm davonfuhr, er sah sie von weitem im Englischen Garten, wie sie einen Entenschwarm aufscheuchten, er sah sie durchs Schaufenster in einem Supermarkt einkaufen. Ruthi sah er nie. An Ruthi mußte er denken – und auch dann fiel es ihm schwer, sich vorzustellen, wie sie ausgesehen hatte. Ihre Gesichtszüge oder ihren Körper hätte er, würde man ihn darum bitten, nicht beschreiben können. Er hätte nur sagen können, sie hatte kurze schwarze Locken, blaue Augen, ein großes russisches Muttermal über ihrer Oberlippe. Und sie trug gern schöne Sachen, die sie meistens bei Lord Jimi & Lady Jane am Elisabethplatz kaufte: riesige Bonnie-und-Clyde-Hüte, wie sie damals modern waren, bunte indische Hemden, viel zu breite Gürtel mit großen ovalen Schnallen aus glänzendem Plastik.

»Papa ... Papa!« Ein hübsches kleines Mädchen rüttelte an Hadis Schulter und schrie in sein Ohr. »Papa!«

Hadi mußte kurz überlegen, bevor ihm einfiel, wer sie war. Genauso war es, wenn man nach einer langen Reise im eigenen Bett aufwachte und nicht wußte, wo man sich befand.

Er umarmte Emis nackte dunkle Schulter und küßte sie aufs nasse Haar.

»Joel will Wasserski fahren!«

»Was will er?«

»Wasserski fahren. Er hat sich schon angestellt.«

»Na, dann viel Glück.«

»Papa!«

»Wo ist eure Mutter?«

Emi zog die Mundwinkel herunter.

»Hör auf damit.«

»Ich weiß nicht«, sagte Emi. »Sie hat gesagt, sie will eine Zigarette rauchen.«

»Es wird schon okay sein. Sie kann euch sehen.«

»Aber er ist doch viel zu klein dafür!«

Hadi hatte keine Lust, aufzustehen. Es war ihm unangenehm, aber er hatte wirklich keine Lust. Keine Lust, keine Kraft, was auch immer. Du sitzt den ganzen

Abend vor dem Fernseher, weil du es nicht schaffst, ihn auszumachen und ins Bett zu gehen. Du schaltest stundenlang herum, obwohl nur Unsinn kommt. Du haßt dich selbst dafür. So ähnlich war das jetzt auch. Hadi streckte sich lange und genüßlich. Dann faltete er die Zeitung zusammen, und weil die Seiten nicht ordentlich aufeinanderlagen, schlug er sie wieder auf und begann, den schweren Papierstoß neu zu ordnen.

Ruthi und er waren nicht so wild gewesen wie die jungen Deutschen in der Zeit. Sie hingen mit ihnen im Drugstore herum und gingen auf dieselben Parties, aber als eines Morgens das halbe Big Apple hinter einem weißen Ford-Mustang die Leopoldstraße runtermarschierte, weil einer von ihnen in Berlin angeschossen worden war, gingen Hadi und Ruthi ins Bett. Kurz darauf wurde Ruthi mit Ilanit schwanger, und Hadi fing bei seinem Vater an. Von einem Tag auf den andern kamen sie sich viel erwachsener vor als die Kinder von der Leopoldstraße, die sie eben noch selbst waren. Hadi mußte jetzt immer Anzug tragen, und wenn er mittags auf einen Kaffee ins Adria ging, nahm er vorher im Büro die Krawatte ab. Nach einer Weile wurde ihm das zu mühsam; bald hörte er auch damit auf, seinen deutschen Bekannten zu verschweigen, was er inzwischen machte. Immobiliengeschäfte, und das ausgerechnet in Israel – sie schauten zwar komisch, wenn sie das hörten, aber die meisten von ihnen sagten nichts. Einige wollten wissen, ob er in München auch etwas zu vermieten hätte.

Jetzt sah die Zeitung fast so gut aus wie vorhin. Er faltete sie nochmal in der Mitte und schob sie in die Tasche, damit sie nicht naß wurde, wenn die Kinder später aus dem Wasser zurückkamen und sich wie Hunde schüttelten, um alles vollzuspritzen. Er wollte gerade aufstehen, als er Clarissa-Mae und Joel sah. Joel war wütend, er ballte die Fäuste und starrte, das Gesicht rot angelaufen, auf den Boden.

»Siehst du, da sind sie ja«, sagte Hadi zu Emi.

»Du bist blöd, Papa«, sagte sie.

Hadi nahm die Zeitung wieder aus der Tasche und lehnte sich zurück. Er sah zur Böschung, wo nur noch das Snoopy-Handtuch lag. Das junge Pärchen war weg, und er hatte den Auftritt des Mädchens verpaßt. Er begann erneut, den Scharon-Artikel zu lesen, aber er kam nicht weit. Die Worte zerfielen vor seinen Augen in Buchstaben, die Buchstaben in winzige schwarze Linien, Punkte und Striche. Er dachte noch, daß es nicht gesund war, in der Sonne zu schlafen, vor allem, wenn man nichts auf dem Kopf hatte, dann schlief er ein.

## 3

Hadi schlief nicht sehr tief, und im Schlaf dachte er ständig: Ich schlafe. Jetzt erst bemerkte er, wie laut es hier war. Man hörte Dutzende Kinderstimmen durcheinanderrufen und lachen, am Kiosk lief ein Radio, und von der Wasserski-Anlage kam immer, wenn einer losfuhr, ein kurzer, brummender Signalton. Während er vor sich hin dämmerte, machte Hadi ein paarmal die Augen auf, er öffnete sie aber nur ein bißchen, damit keiner mitbekam, daß er wach war. Emi und Joel verschwanden, statt dessen saßen David und Ilanit neben ihm auf dem Rasen. David las ein Walt-Disney-Taschenbuch, und Ilanit hatte sich Ruthis Schminktasche genommen und deren Inhalt vor sich ausgebreitet. Als sie anfing, sich mit Ruthis Lippenstift die Lippen rot anzumalen, wollte Hadi etwas sagen, aber er wußte, daß es keinen Sinn hatte. Der arme David, dachte er plötzlich. Heute waren die Walt-Disney-Taschenbücher durchgehend bunt; zu seiner Zeit gab es immer zwei farbige Seiten, dann kamen zwei schwarzweiße, dann wieder zwei farbige. Er schaute zu ihm, und als er sah, wie geduldig David gerade die schwarzweißen Seiten studierte, zerriß es Hadi das Herz.

Er hatte es gesehen. Er war vorgegangen, weil er im Duty-free-Shop Zigaretten kaufen wollte, und er sah von weitem, nur durch dieses schmale Oberlicht, wie die Holz- und Glassplitter in der Luft herumwirbelten. Danach erst begriff er, daß er einen Knall gehört hatte, und es dauerte noch ein paar Sekunden, bis ihm der Rest klar wurde. Er konnte es gar nicht wissen – aber er wußte es trotzdem, und das hatte nichts damit zu tun, daß man in solchen Situationen automatisch mit dem Schlechtesten rechnet. Er hatte eben diese Sache mit den Vorahnungen. Es war jedesmal so ein schweres, bedrückendes Gefühl, das sich über Wochen oder Monate aufstaute – und dann kam ein Anruf, dann hieß es, Onkel Herschel oder deine Mutter oder wer immer ist gestorben, und sofort war wieder alles leicht. Er hatte ein solches Gefühl auch vor den Ferien gehabt, es fing schon im Frühjahr an, und als sie nach Israel flogen, hoffte er, daß es nichts mit ihnen zu tun hatte. Aber dann ging am Flughafen in München dieser Koffer hoch, und noch während sich die Holz- und Glassplitter auf der anderen Seite des Gates zu Boden senkten, wich der monatelange Druck von ihm.

## 4

Als Hadi aufwachte, schliefen die anderen. Clarissa-Mae lag auf dem Rücken; sie hatte sich, weil sie ihm irgendwann ihren Sonnenhut aufgesetzt hatte, die Zeitung genommen und damit das Gesicht zugedeckt. Emi hatte sich an sie geschmiegt, obwohl es so heiß war. Dort, wo sie Clarissa-Maes Bauch mit ihren Oberarm berührte, glitzerten ein paar große Schweißtropfen. Offenbar mußte sie im Traum etwas sehr Wichtiges erledigen: sie runzelte die Stirn, und ihre Zungenspitze glänzte im rechten Mundwinkel. Joel hatte sich auf die Seite gerollt, er lag etwas weiter weg auf dem Rasen, mit dem Rücken zu ihnen. Er ging Hadi mit seiner Eigenbrödlerei manchmal schon sehr auf die Nerven. Er wollte nie das essen, was die anderen aßen, zum Fernsehen verkroch er sich meist ins Gästezimmer, und wenn er sagte, er wolle im Park mit den Nachbarjungen Fußball spielen, konnte man ihn kurz darauf im Hof sehen, wo er stundenlang allein den Ball gegen die Garagenmauer drosch.

Wahrscheinlich mag er uns alle nicht, dachte Hadi. Oder mag er nur mich nicht? Clarissa-Mae machte die Augen auf und sah Hadi an. Sie sah ihn direkt an, und sie wich seinem Blick nicht aus. Sie wirkte ein wenig leblos, was wahrscheinlich daran lag, daß sie noch nicht richtig wach war. Plötzlich füllten sich ihre Augen mit Tränen, und die Tränen flossen langsam an ihren Wangen herab. Sie rührte sich nicht dabei, sie war vollkommen still, und Hadi wußte nicht, was er tun sollte. Sonst weinte sie nie so würdevoll. Sie weinte, wie sie alle weinten. Sie stampfte mit den Füßen, sie verzog beleidigt den Mund und schmiß mit Sachen. Einmal hatte sie das bei ihren Eltern gemacht – das war bei einem Seder-Abend gewesen, und jemand hatte im Spaß gesagt, Clarissa-Mae solle nicht vorlesen, sie halte sowieso schon seit Jahren die Haggada verkehrt herum. Ihre Eltern hatten stumm gewartet, bis der Anfall vorüber war, und sie danach noch mehr bemuttert als sonst. Spätestens da hatte Hadi begriffen, daß sie wie die meisten jüdischen Frauen nie erwachsen geworden war, egal, wie schön und elegant sie auch dahinschritt – aber darüber aufgeregt hatte er sich nicht. Alles war, wie es war, und wie es anders hätte sein können, wußte man nicht.

»Was ist?« sagte er.

»Nichts«, sagte sie.

»Hast du deine Tage?«

Sie blinzelte nervös.

»Ja?«

Sie sahen sich eine Weile wortlos an. Hadi überlegte, ob er ihr ein Taschentuch geben sollte, aber er hatte sowieso keins.

»Vielleicht liegt es am Sex«, sagte er.

»Was?«

Sie sagte es so, daß er nicht heraushörte, ob sie ernsthaft wissen wollte, was er damit sagen wollte, oder ob sie seine Bemerkung unmöglich fand.

»Was?« wiederholte sie etwas ruhiger.

»Naja ...« Er verstummte. »Hast du mir die Fanta mitgebracht?« sagte er nach einer Weile.

Sie antwortete nicht und schloß die Augen. Er rührte sich nicht, bis er sicher war, daß sie wieder schlief, dann sah er zu dem jungen Pärchen herüber. Sie waren wieder da. Das Mädchen hatte das Oberteil ihres Badeanzugs noch nicht zum Sonnenbaden heruntergerollt, sie beugte sich über ihren Freund, und während sie sich küßten, legte sie ihm die Hand zwischen die Beine. Für eine Sekunde spürte Hadi an derselben Stelle ein Kribbeln, doch es dauerte nicht lange. Er wartete, ob es wiederkam, aber er wußte natürlich, darauf zu warten hatte keinen Sinn. Wenn man darauf wartete, kam es nie. Es kam nur, wenn man nicht darauf wartete. Es war wie alles im Leben.

Plötzlich merkte er, wie ihn das Mädchen anstarrte. Sie hatte ein einfaches, ebenes Gesicht, die Haut war schlecht, die Stirn breit, nur der Mund war rund und schön. Man konnte jetzt schon erkennen, wie grob sie in zwanzig Jahren aussehen würde. Sie starrte Hadi zwei, drei Sekunden zu lang an, dann flüsterte sie ihrem Freund etwas zu, worauf auch er Hadi ansah. Er schob sie jäh weg und stand auf. Sie blieb liegen, hielt aber seine Hände fest. Sie redete leise auf ihn ein, und als er sich von ihr löste und in Hadis Richtung losging, rief sie laut: »Didi, hör auf! Didi ...«

Didi, dachte Hadi. Das klang ja genauso idiotisch wie

sein eigener Name. Alle Namen waren idiotisch. Joel. Warum hieß ein kleiner Junge wie ein französisches Parfum? Und warum mußte Emi Emi heißen? Eine sinnlosere Aneinanderreihung von Buchstaben gab es wahrscheinlich nicht. Am idiotischsten hieß Clarissa-Mae. Ihre neureichen rumänischen Eltern hatten gedacht, aus ihrer Tochter würde etwas Besseres werden, wenn sie nicht Batschuwa oder Jentel hieß, sondern Clarissa-Mae. Garantiert war Clarissa-Mae die einzige Clarissa-Mae auf der ganzen Welt. Und garantiert war keine Frau wie sie. Ruthi war als Name schon akzeptabler. So hießen damals viele. Und alle, die Ruthi hießen, waren auch echte Ruthis. Die Ruthis waren nicht so selbstsüchtig wie die Clarissas, Vanessas und Joys. Sie hatten dicke Oberschenkel, konnten kochen und kümmerten sich um ihre Kinder.

Hadi hatte keine Angst vor Didi. Aber er schaute trotzdem schnell weg. Er drehte den Kopf zur Seite, und sein Blick landete wieder bei Clarissa-Mae. Sie schlief gar nicht. Sie sah ihn weiter stumm an, nur weinte sie nicht mehr. »Bist du nächste Woche wieder in Berlin?« sagte sie.

Was sollte er darauf antworten? Sollte er ja sagen? Oder sollte er nein sagen? Es war doch egal, wo er war.

»Warum nimmst du uns nicht einmal mit?« sagte Clarissa-Mae. »Die Kinder würden sich freuen.«

Er bekam einfach nicht den Mund auf. Er wollte etwas antworten, egal was, aber er konnte nicht.

»Alle ihre Freunde waren schon dort«, sagte sie. »Sie sind so neugierig.«

Wo blieb eigentlich Didi? Hadi bemerkte, daß er vor

Aufregung die Nackenmuskeln anspannte, und sein Rücken fühlte sich ganz steif an. Wahrscheinlich hatte er doch Angst vor Didi. Didi war dreißig Jahre jünger als er und zwanzig Kilo schwerer. Und Didi hatte sicherlich noch weniger zu verlieren als er. Aber Didi kam nicht. Als Hadi aus den Augenwinkeln vorsichtig zur Böschung hinaufsah, lagen die beiden wieder auf ihrem Handtuch und sonnten sich. Sie hatten Sonnenbrillen aufgesetzt, und die Kabel der Kopfhörer, die in ihren Ohren steckten, führten zu einem Walkman, der zwischen ihnen auf einer gelben Strandtasche lag.

»Mama«, hörte Hadi plötzlich Emi sagen, »warum will Papa nicht, daß wir ihn in Berlin besuchen?« Sie hatte sich aufgesetzt und rieb sich die vom Schlaf müden Augen. Sie sah David so verdammt ähnlich mit ihrem großen Kopf und dem kräftigen, hellen Hals.

»Natürlich will er das«, sagte Clarissa-Mae. Aber dann sagte sie: »Frag ihn selbst.«

»Papa ...«

Hadi machte die Augen zu. »Ich schlafe«, sagte er.

»Nein, das stimmt nicht.«

»Aber gleich werde ich schlafen.«

Emi seufzte. Sie seufzte wie eine Erwachsene – enttäuscht, wütend, schicksalsergeben.

»Geh ins Wasser«, sagte Clarissa-Mae. »Du warst heute noch kein einziges Mal drin.«

»Nur wenn Papa mitkommt.«

»Papa kommt später mit«, sagte Hadi. »Jetzt kommt Mama mit.«

Er wußte genau, wie unfreundlich er das gesagt hatte.

Er hatte seine eigene Stimme gehört, als wäre sie die eines Fremden, und er mochte sie nicht. Aber er konnte nicht anders. Er konnte schon lange nicht mehr anders. Die Dinge nahmen ihren Lauf, und er hatte keinen Einfluß auf sie. Er machte Kinder, die er nicht wollte, er saß bei irgendwelchen Abendessen herum, obwohl er Abendessen haßte, und er ertrank in Arbeit. Er hätte nicht wie alle anderen in Berlin bauen müssen – wieso machte er es trotzdem?

Hadi wußte nicht, ob es früher auch so gewesen war. Wahrscheinlich nein, aber sicher war er sich nicht. Früher hätte er eine wie Clarissa-Mae nie geheiratet. Doch was sagte das? Nichts sagte das. Früher, als er noch alles unter Kontrolle hatte, hätte er am Ende eine geheiratet, gegen die Clarissa-Mae ein echter Glückstreffer war. Und sie war ja auch ein Glückstreffer, in Wahrheit. Nur für ihn war sie vielleicht nicht die Richtige. War Ruthi die Richtige gewesen? Wer konnte das wissen. So was wußte man nur am Ende eines Lebens, wenn die Frau, die man am Anfang geheiratet hatte, immer noch da war. Und nicht einmal dann wußte man es. David und Ilanit – sie waren die Richtigen gewesen, sie schon.

»Paßt du auf Joel auf?« sagte Clarissa-Mae kühl.

Hadi nickte.

»Ich geh mit ihr rein.«

»Ja«, sagte Hadi.

»Ihr könnt doch nachkommen«, sagte sie. »Er soll sowieso nicht so lange in der Sonne schlafen.«

»Schläft er immer noch?«

»Ja.«
»Soll ich ihn wecken?«
»Mach, was du willst.«

## 5

Ein Tag am See. Wer sie von weitem sah, hielt sie bestimmt für eine ganz normale zerrüttete Familie, die nur wegen der Kinder zusammenblieb. Sie waren aber nicht wegen der Kinder noch zusammen. Jedenfalls war er nicht mit ihr wegen der Kinder zusammen. Das hatte er hinter sich. Mit Ruthi war er wegen der Kinder zusammengeblieben, und dann kam der Anschlag, und dann war ohnehin alles vorbei. Mit *ihr* war er ihretwegen zusammen. Ja, das war er. Er glaubte es manchmal selbst nicht, aber Clarissa-Mae liebte er. Er liebte sie sehr. Er liebte sie, weil sie sich richtig bewegte, weil sie ihn nicht störte, weil sie keine dicken Oberschenkel hatte. Ach, was wußte er denn, warum er sie liebte! Sie war nur unten zu weit. Genau, sie war zu weit. Vielleicht war es also wirklich bloß der Sex, der ihn störte? Bestimmt war es der Sex. Wenn der Sex funktionierte, funktionierte auch alles andere. Sie könnte sich doch operieren lassen! Jaja, richtig. Man mußte sich wehren. Man durfte die Dinge nicht laufen lassen.

Hadi sprang auf. Er mußte ihr das sofort sagen. Ihm wurde schwarz vor Augen, für einen Augenblick konnte er nichts sehen. Er trat auf ein fremdes Handtuch und taumelte; er versuchte, sich irgendwo festzuhalten, und dabei streifte er die Haare von jemandem. Er hörte einen unterdrückten, wütenden Schrei hinter sich, lief aber weiter und murmelte leise eine Entschuldigung.

Als er am Ufer ankam, waren sie nirgends zu sehen. Er machte ein paar Schritte ins Wasser und hoffte, sie würden ihm vielleicht entgegenkommen. Er stand da und wartete, aber sie kamen nicht. Also tauchte er kurzentschlossen in das kalte Wasser ein und schwamm los. Er schwamm schnell, und weil er sich auf seine Kraulbewegungen und das Atmen konzentrierte, nahm er für eine Weile nichts um sich herum wahr. Er war jetzt schon bestimmt vierzig, fünfzig Meter draußen, er stoppte und sah sich um. Sie waren auch so weit draußen wie er, aber auf der anderen Seite, bei der Wasserski-Anlage. Er winkte ihnen zu, und sie winkten zurück, und dann schwamm er zu ihnen.

»Schaut mal, hinter euch«, sagte er, als er bei ihnen war.

Sie drehten sich um und lachten vor Freude. Genau da, wo der See endete und am Rand eines dunklen Feldes das BMW-Gelände mit seinen großen weißen und silbernen Kästen begann, stand ein Regenbogen. Seine Strahlen wuchsen wie die Säulen eines riesigen Bauwerks aus dem Boden, rot, grün und gelb, und bildeten einen wunderbaren Halbkreis. Das Licht innerhalb des Halbkreises flimmerte unnatürlich hell, in einem blendenden Eisenblau, außerhalb des Regenbogens war der Himmel so grau und eintönig wie schon den ganzen Tag. Es fielen ein paar Regentropfen, aber der Regen hörte gleich wieder auf, und plötzlich riß der Himmel auf, der Regenbogen verschwand, und eine warme, gelbe Sonne tauchte diese triste Gegend in ein angenehmes Spätsommerlicht.

Hadi schwamm noch dichter an Clarissa-Mae heran und umarmte sie von hinten. Sie drehte sich ungläubig zu ihm um, und als er sie in den nassen Nacken küßte, begann sie, sich sofort in seinen Armen zu winden wie am ersten Tag.

»Was ist?« sagte sie.

Er küßte sie weiter, und als er bemerkte, wie erstaunt Emi sie beobachtete, sah er weg.

»Wo ist Joel, Papa?« sagte Emi.

Er überhörte ihre Frage, und Clarissa-Mae reagierte auch nicht. Sie trieben jetzt Arm in Arm auf dem Wasser und ließen sich die Sonne ins Gesicht scheinen.

»Mama«, sagte Emi, »Papa hat Joel vergessen!«

»Hat er nicht«, sagte Clarissa-Mae, »was redest du!« Dann, zu Hadi gewandt, sagte sie gut gelaunt: »Wo ist er denn?«

»Ich weiß nicht«, sagte Hadi, »wahrscheinlich schläft er noch. Bestimmt schläft er noch.«

»Was ist bloß los mit dir?« sagte sie. Sie war wieder traurig und ernst und ganz und gar nicht die Clarissa-Mae, die er kannte. »Gut«, sagte sie, »gehen wir raus.«

# 6

Sie schwammen zurück, und als sie an der Stelle ankamen, wo man stehen konnte, sahen sie in dem Durcheinander der Badegäste Joel. Er stand bis zum Bauch im Wasser, vor dem orangefarbenen Absperrband, und schaute den Leuten drüben beim Wasserskifahren zu. Es ging immer im Kreis herum, an einer Oberleitung entlang, die ab und zu, wenn eines der Zugseile sie berührte, ein leises, zischendes Geräusch machte. An dem Steg, wo man startete, war eine lange Schlange; kam ein leerer Haltebügel vorbei, klinkte sich der nächste ein, das kleine rote Licht an der Anlage sprang auf Grün um, ein kurzes brummendes Warnsignal ertönte, und dann ging es mit großem Tempo los. Die meisten fielen nach den ersten paar Metern ins Wasser, viele, die sich hier noch halten konnten, flogen in der ersten Kurve heraus. Sie mußten zum Ufer zurückschwimmen und den langen Weg von der gegenüberliegenden Seite des Sees zu Fuß zurücklaufen. Joel ging mit dem Kopf mit, wenn einer startete; kippte er um, nickte Joel knapp.

»Joel!« rief Clarissa-Mae.

Sie waren noch nicht ganz bei ihm, aber so weit entfernt waren sie nicht, daß er sie nicht hätte hören können.

»Joel!« rief Emi.

Er blickte für eine Sekunde in ihre Richtung. Als er entdeckte, wie sie zu dritt langsam auf ihn zu schwammen, verhärtete sich sein kleines Gesicht, und er drehte sich wieder weg. Sein Kinderkopf sah von hinten eigentlich ganz schön aus mit den kleinen abstehenden Ohren und den nassen braunen Haaren, die in der Sonne glänzten. Wenn er nicht sein Sohn wäre, dachte Hadi, würde er bestimmt denken, was für ein Junge.

Plötzlich war dieses Vorgefühl wieder da. Hadi spürte, wie die Übelkeit vom Bauch in seine Kehle aufstieg, und ein schweres Gewicht versank irgendwo in seiner Körpermitte. Er hatte das jahrelang nicht mehr gehabt, aber er wußte sofort, was es war. »Scheiße«, sagte er laut, und Clarissa-Mae, die neben ihm schwamm, sagte: »Mach dir nichts draus. Mir hätte das auch passieren können.«

Er lächelte matt. »Ja, meinst du?« sagte er.

Sie lächelte freundlich zurück. »Jetzt tu doch nicht so. Als hättest du mich jemals für eine perfekte Mutter gehalten.«

»Was denn sonst«, sagte er. Er tauchte unter, machte zwei, drei Züge unter Wasser, und als er dicht neben Joel wieder auftauchte, sah er sie: sie standen drüben in der Mitte der Schlange und warteten, bis sie an die Reihe kamen. David grinste so albern wie eine Bauchrednerpuppe mit aufgemaltem Mund, er grinste seine große Schwester von unten an und wackelte mit dem Kopf. So ein Clown, dachte Hadi. Ilanit lachte, und als er vor ihr herumzutänzeln begann, hob sie den Zeigefinger und wurde ernst, aber dann lachte sie. Es war gut, sie so zu sehen – und zu wissen, daß die böse Vorahnung unmöglich etwas mit ihnen zu tun haben konnte. Hadi winkte ihnen unauffällig zu, doch sie sahen ihn natürlich nicht.

»Wer ist dort?« sagte Clarissa-Mae.

»Niemand«, sagte Hadi.

»Niemand?«

»Hör auf, Clarissa-Mae. Bitte, hör auf. Glaubst du, ich müßte das hier machen?« sagte er, mit der Betonung auf »hier«.

»Und in Berlin machst du's, ja?«

»Nein, in Berlin mach' ich es auch nicht.«

»Mach doch!«

»Warum sagst du das?«

»Weil mir nichts anderes einfällt. Mir fällt schon lange nichts anderes mehr ein.«

Hadi wurde jetzt erst bewußt, daß sie direkt hinter Joel im Wasser standen. Er tat so, als hörte er sie nicht, und schaute weiter ungerührt zur Wasserski-Bahn herüber. Emi dagegen hörte ihnen genau zu. Ihr Gesicht war angespannt, und die Sehnen an ihrem Hals traten noch heller hervor.

Plötzlich drehte sich Joel um und sagte zu Hadi: »Darf ich auch Wasserski fahren, Papa?«

Es war schrecklich. Aber Hadi begriff für eine Sekunde tatsächlich nicht, wen er meinte, und er wußte genau, daß Joel das gemerkt hatte. Dieses kleine Aas war schlauer als sie alle zusammen, er war auch stärker als sie, und er nutzte es aus, wo er konnte.

»Also ja, Papa?« sagte Joel streng.

Keine Frage, dachte Hadi, er hat's mitgekriegt. Und jetzt erpreßt er mich. Hadi sah Clarissa-Mae an, aber die war mit den Gedanken woanders. »Hör zu, Joel«, sagte er, »du bist zu klein dafür.«

»Nein«, sagte Joel, »das stimmt nicht. Guck mal!« Er

zeigte nach drüben, wo ein Junge, der nicht älter war als er, übers Wasser glitt. Es war David, aber das konnte Joel natürlich nicht wissen. Er und Emi wußten zwar, daß sie früher zwei Halbgeschwister gehabt hatten, aber Hadi hatte ihnen die Fotos von David und Ilanit nie gezeigt. Er hatte sie selbst seitdem nicht mehr angeschaut. Er hatte sie weggeworfen, und er hatte es nicht bereut.

In dem Moment hatte Hadi einen schrecklichen Gedanken. Er glaubte gar nicht, daß er das gedacht hatte, aber man dachte oft die schrecklichsten Sachen, ohne sie ernst zu meinen. Er würde es ihm einfach erlauben. Ja, einfach erlauben würde er es ihm, und der Rest war Schicksal.

»Weißt du was, Joel«, sagte er, »ich hab' eine Idee. Zuerst fahr' ich und schaue, wie gefährlich es ist. Und dann sehen wir, ob du auch fahren kannst.«

Joel blinzelte ihn aus seinen schmalen Kalischer-Augen spöttisch an.

»Sei nicht so frech«, sagte Hadi. »Sonst fährt hier überhaupt keiner.«

»Soll ich hier warten, oder darf ich schon ein bißchen mitkommen?« sagte Joel. Es klang ziemlich ironisch.

»Okay – Schluß«, sagte Hadi. »Du kannst es vergessen.«

»Nein, Papa«, sagte Joel, und so wie er Papa sagte, sagte es zweifellos kein anderes Kind auf der Welt. So verächtlich, so bestimmt.

»Du bleibst bei den andern«, sagte Hadi. Er hob das Absperrband an und schwamm unten durch. Er schwamm ganz bis zum Ufer – bis er den sandigen

Boden des Sees unter seinem Bauch spürte, und als er sich endlich aus dem Wasser erhob, fühlte er sich wie ein prähistorisches Meerestier, das zum ersten Mal an Land geht. Er überlegte, ob er sich vorher abtrocknen sollte, doch dann stellte er sich, naß wie er war, in die Schlange.

## 7

Hadi wartete ziemlich lange, und er wartete umsonst. Er hatte nicht daran gedacht, daß man zahlen mußte, und als er mit dem Geld zurückkam, wurde er wieder ans Ende der Schlange geschickt. Er war jetzt direkt hinter den beiden von vorhin. Sie standen eng umschlungen da, und ab und zu rutschte Didis Hand zum Hintern seiner Freundin herunter, die sie gleich wieder wegschob. Hadi konnte nicht anders – er mußte auf ihren Hintern starren. Er war groß und einladend, und Hadi war sich sicher, wenn Clarissa-Maes Hintern heute auch noch so wäre, würde er bestimmt auch noch können, egal, wie eng oder wie weit sie war. Er liebte Hintern, er liebte sie mehr als alles andere. Hintern waren das einzige, was ihn wirklich anmachte, und früher, als sie über solche Sachen redeten, machte er Witze und sagte, er sei ihr Pavian.

Der Schlag war gar nicht so fest, aber er traf Hadi genau am Kinn. Er schüttelte erstaunt den Kopf, dann erst fiel er um, und als er schon lag, dachte er, er habe etwas in der Art eines verlöschenden Kometenschweifs gesehen. Die Leute waren höflich zur Seite getreten, während er zusammensackte, und jetzt sahen sie zu ihm herunter.

»Drecksau«, sagte Didi. Er beugte sich über ihn und sagte: »Willst noch eine?«

»Was?« sagte Hadi.

»Ob du noch eine willst?«

»Nein.«

»Na, siehst du. Mußt nur aufhören, so dumm in der Gegend herumzuglotzen.«

Hadi murmelte etwas.

»Willst wirklich keine mehr?«

»Nein«, sagte Hadi. Er kam schnell wieder auf die Beine, aber als er stand, fühlte er sich hundeelend. Natürlich tat ihm ein bißchen der Kopf weh, und am Kinn pochte es unangenehm. Vor allem aber war er deprimiert – so als wäre er in seinem Innersten entblößt und getroffen worden. Kam das wirklich von diesem einen lächerlichen Schlag? Ja, es kam von diesem einen lächerlichen Schlag. Komisch, damals hatte er sich hinterher tagelang unverwundbar gefühlt. Er hatte gedacht, so funktioniert es wahrscheinlich auch im Krieg: Wenn man als Soldat einmal mit dem Leben davonkommt, denkt man, es kann einem nichts mehr passieren. Jetzt war aber keine beschissene Araberbombe explodiert und hatte ihn beinah zusammen mit den anderen in Stücke gerissen. Jetzt hatte er nur kurz eine auf die Nase gekriegt, und schon fühlte er sich wie das Allerletzte.

Ans Wasserskifahren war natürlich nicht mehr zu denken. Die Vorstellung, auf nicht viel mehr als seinen nackten Fußsohlen über den See zu rasen, machte ihm

Angst. »Entschuldigung«, sagte er und schob sich an den Leuten, die ihn nur noch unauffällig von der Seite beobachteten, vorbei. »Entschuldigen Sie bitte … Entschuldigung. Darf ich bitte? Entschuldigung …«

»Was ist denn?« Clarissa-Mae stand plötzlich vor ihm.

»Ich bin ausgerutscht.«

»Hast du dir weh getan?«

»Ja.«

»Wo denn?«

»Wo nicht.«

Sie dachte kurz nach. »Ich hol' die Kinder«, sagte sie. »Wir fahren nach Hause.«

Ohne zu antworten, ging Hadi weiter. Wie oft hatte er gedacht, das kann gar nicht wahr sein, so etwas passiert nur im Fernsehen. Und als er dann ihre Fotos im Fernsehen sah, verstand er überhaupt nichts mehr. Man hatte die Fotos aus Ruthis Paß genommen, und Paßfotos waren sowieso so eine Sache. Wie Fremde kamen sie ihm alle drei auf den grobkörnigen, bildschirmgroßen Fotos vor, wie die Angehörigen von irgendeinem anderen armen Teufel.

## 8

Hadi lief über die Liegewiese zu ihren Sachen. Er zog sich schnell um und ging zum Wagen. Er ging barfuß, die Schuhe hielt er in der Hand, und die von der Sonne aufgeheizten Kieselsteine auf dem Parkplatz brannten angenehm unter seinen Füßen. Im Auto war es schrecklich heiß, die Sitze waren heiß, das Lenkrad, sogar die Luft. Er steckte den Schlüssel ins Zündschloß, startete den Motor, fuhr aber nicht los.

Er starrte ins Nichts, und irgendwann machte er den Motor wieder aus und legte das Gesicht aufs Lenkrad. So saß er eine Weile da, und gerade als er sich zu fragen begann, wo sie blieben, hörte er die Sirenen. Er blickte auf und sah, wie ein Krankenwagen und – dicht hinter ihm – eine Funkstreife von der Landstraße in die Zufahrtsstraße zum See einbogen. Sie rasten am Parkplatz vorbei, und das letzte Stück kürzten sie ab. Sie fuhren über den leeren, schattigen Teil der Wiese, bis sie bei der Wasserski-Anlage stehenblieben.

»Papa, Papa, da ist was passiert!« hörte Hadi Emis Stimme hinter sich. Sie stand am Auto und sah ihn entsetzt an. Sie war außer Atem, weil sie gelaufen war.

»Wo ist er?« schrie Hadi, wie von Sinnen.

»Wer?«

»Dein Bruder! Wo ist Joel?!«

»Er ist mit Mama.«

»Was ist mit ihm?« sagte Hadi und sprang aus dem Wagen.

»Nichts. Mama hat mich vorgeschickt, damit du dir keine Sorgen machst.«

»Und was ist passiert?«

»Da ist ein Mann mit dem Fuß im Seil hängengeblieben und gegen den Steg geknallt.«

»Hast du's gesehen?«

Emi fing an zu weinen.

»Komm her«, sagte Hadi. Er ging in die Hocke und

umarmte sie. Sie drückte ihren heißen Kopf gegen seine Schulter, und sie schluchzte so sehr, daß der Kopf regelrecht hin und her geworfen wurde. Während er sie festhielt und ihren Kopf streichelte, sah Hadi von weitem Clarissa-Mae und Joel kommen. Er war so glücklich wie lange nicht mehr, aber dieses verdammte Gefühl in seinem Bauch war immer noch da.

# Sechs

# Wenn der Kater kommt

## I

Der Film, den Marek Radeks Vater im bleiernen Herbst 1969 abgedreht hatte, kurz vor Alexander Dubčeks endgültiger Entmachtung, wurde in keinem einzigen tschechischen Kino gezeigt. Nach seiner Fertigstellung verschwand er spurlos in den Archiven des Barrandov-Studios, er wurde in keiner offiziellen Filmographie erwähnt, tauchte aber auch nicht in den Samisdat-Büchern auf, die sich mit der tschechischen Nouvelle Vague der sechziger Jahre befaßten.

Als Marek Radek zwei Jahrzehnte später nach Prag zurückkam, in die Stadt, die er als Kind mit seiner Mutter verlassen hatte, konnte sich von den alten Freunden und Kollegen seines Vaters keiner mehr richtig an Alfred Radeks letzten Film erinnern. Schon über den Titel herrschte große Uneinigkeit. Marek hörte während der zwei Wochen, die er in Prag verbrachte, mindestens vier Varianten, von denen ihm *Das Mädchen in Schwarz* am besten gefiel. *Die Jüdin und ihr Meister* erschien ihm aber am wahrscheinlichsten.

Fast alle Filme seines Vaters handelten vom Krieg. Die Geschichten, die er sich ausgedacht hatte, um von den deutschen Jahren zu erzählen, waren so simpel und unvergeßlich wie Märchen, die Namen, die er ihnen gab, wie bunte Schmetterlinge, die auf einem übelriechenden Misthaufen landen. *Die Augen der Sara Blumenfeld*, *Im*

*Krieg weint man nicht*, *Bevor wir gehen, wird der Tag kommen* hießen seine großen Erfolge, und das wenige, was Marek herausfinden konnte, nutzte ihm nicht viel, sprach aber dafür, daß sein Vater sich auch bei seinem letzten Film treu geblieben war.

## 2

Marek war Ende August 1990 nach Prag gefahren, kurz vor seinem dreißigsten Geburtstag. Natürlich lief er dort einer fixen Idee hinterher, das war ihm klar, aber er wußte sich anders nicht mehr zu helfen. Die Zeit drängte, und er kannte sich gut genug, um zu spüren, daß er bald ganz aufgeben würde.

Marek war ein großer, dürrer Junge, dessen Wangen ein spärlicher, schwarzer Bart bedeckte. Seine Augen hatten einen freundlichen Glanz, und sein langer Kopf ragte aus jeder größeren Menschenansammlung wie ein Ausrufezeichen heraus. Marek hätte sich, wäre er darum gebeten worden, nicht viel anders beschrieben. Schließlich gehörte er zu den Menschen, die sich ihrer äußeren Erscheinung schon sehr früh bewußt sind. Mehr als das: Er beobachtete sich ständig selbst, er wußte genau, wie es aussah, wenn er aß, rauchte oder eine Frau küßte, und er kontrollierte alle seine Handlungen und Gesten mit einer imaginären Kamera.

Diese Kamera folgte ihm jetzt auch, als er sich, in den ersten Tagen seiner Heimkehr, erstaunt und unsicher durch die überfüllten Straßen Prags bewegte. Es war jedesmal die gleiche Einstellung, in der sie ihn einfing, von oben, von sehr weit oben, 35 Millimeter, lange Brennweite. Sein Kopf schwebte über den Köpfen der anderen Passanten, dann kam ein langsamer Zoom, Mareks Gesicht wurde leicht unscharf und löste sich allmählich in der unruhigen Menge auf, die durch einen der breiten Innenstadt-Boulevards zwischen Fluß und Nationalmuseum vorwärtsdrängte. Das Bild verschob sich von der Großaufnahme in die Totale, und als nur noch die rußigen Dächer und Türme Prags wie Schattenrisse vor seiner inneren Linse zu erkennen waren, setzte *Kind of Blue* von Miles Davis ein. Marek hatte tausend solcher Einstellungen im Kopf, aber zusammen ergaben sie noch lange keinen Film.

## 3

Die Briefe, die Marek von seinem Vater in den ersten Jahren der Emigration bekommen hatte, waren sehr zärtlich und voller Hingabe gewesen, und die trostlose Prager Gegenwart kam in ihnen nicht vor. Da er nicht mehr drehen durfte, arbeitete er eine Weile im Heizungskeller des Pädagogischen Verlags in der Ostrovní-Straße. Als seine Kräfte nachzulassen begannen, bekam er eine Stelle als Gärtner auf der Burg, die er schnell wieder verlor, weil einer wie er in der Nähe des neuen Präsidenten nichts zu suchen hatte. In den letzten Monaten seines Lebens lief er in einem dunkelblauen Overall durch die Stadt, in der einen Hand einen Kübel, in der andern einen Stock, mit dem er alte Zeitungen, Bonbonpapierchen und weggeworfene Fahrkarten aufspießte.

Doch darüber stand in Alfred Radeks Briefen nichts. Statt dessen erkundigte er sich, wie es Marek in München ging, er wollte wissen, wie gut sein Deutsch war und welches Buch er gerade las. Er fragte nach den Filmen, die er gesehen hatte, und den Fernsehserien, die in Deutschland liefen. In fast jedem Brief schrieb der Vater dem Sohn, wie sehr er ihn liebte – und daß er sich auf ein Wiedersehen mit ihm freue, seit sie sich nach ihrem letzten Spaziergang durch den Bahnhofspark in der Jindřišská-Straße voneinander verabschiedet hatten.

Wenn er von den schlechten Gefühlen genug hatte, begann Alfred Radek von seiner eigenen, glücklichen Kindheit, die er bei der Familie seines Kindermädchens auf einem Bauernhof in Südböhmen verbringen durfte, weil die Großmutter sich um ihn nicht kümmern wollte und der Großvater den ganzen Tag im Geschäft stand. Das andere Thema, auf das er zurückkam, um die Sehnsucht nach dem Sohn zu überspielen, war seine Zeit als tschechoslowakischer Pilot in der britischen Luftwaffe. Mehr als vierzigmal saß er in der gläsernen Kanzel seines Bombers und filmte von dort für die englische Wochenschau die Gefechte der Royal Air Force gegen die Deutschen.

Über die besten Jahre seines Lebens verlor Alfred Radek aber nie ein Wort. Vielleicht fand er, daß Marek noch zu klein war, um etwas über unterwürfige Schauspielerinnen, eingebildete Kameraleute und hochmütige Atelierchefs zu erfahren, und vielleicht hoffte er, daß Marek nie dem Zauber ihrer Welt erliegen würde.

Die Briefe endeten immer mit einem Märchen, mit einer Parabel, die er sich für seinen Sohn ausdachte. Am schönsten fand Marek bis heute die Geschichte von dem Mann, der eines Tages auf dem Weg zur Arbeit in einer Kleinseiter Gasse einen Verleih für Katzen entdeckt. Er tritt ein und sucht sich einen dicken, gemütlichen Kater aus, aber als er am nächsten Morgen wieder zur Arbeit geht, ist das Geschäft verschwunden. Aus Angst, für das Überziehen der Ausleihfrist eine Geldstrafe bezahlen zu müssen, geht er zum Ordnungsamt, in der Hoffnung, daß man ihm dort sagen wird, wo er den Kater zurückgeben soll. Niemand weiß etwas, und schließlich bekommt er den Rat, einen gewissen Kilian zu suchen. Als er ihn endlich – statt in seiner Dienststelle – in einer verrauchten Kneipe findet, schüttelt Kilian den Kopf. Er sei nicht Kilian, sagt er, dann steht er auf und geht hinaus, und auch er trägt einen Kater unter dem Arm.

## 4

Mareks Mutter bekam jedesmal, wenn ein Brief aus Prag kam, schlechte Laune. Während der Junge in seinem Zimmer auf dem Bett lag und las, saß sie in der Küche, sie hatte das Radio aufgedreht, rauchte und sah aus dem Fenster. Sie selbst erhielt nie einen Brief von ihrem früheren Mann, und wenn Marek später in die Küche ging, um sich aus dem Kühlschrank einen Joghurt oder etwas anderes zum Essen zu holen, schaute sie ihn nicht an. Sie fragte nicht, was der Vater schrieb, und wollte nicht einmal wissen, ob in Prag alles in Ordnung war.

Marek hatte sich schnell an dieses Ritual gewöhnt. Er wußte, daß sie ihn ab jetzt ignorieren würde. Sie würde ihm kein Mittagessen und kein Abendbrot machen, sie würde ihren abendlichen Spaziergang mit dem Hund in die Länge ziehen, und nachts, wenn er schon schlief, plötzlich zu ihm ins Zimmer stürzen und ihn mit ihren Küssen und Tränen bedecken.

Auch an dem Tag, als die schwarzumrandete Todesanzeige im Briefkasten steckte, war alles genau wie sonst – mit dem Unterschied, daß Marek vergeblich darauf wartete, daß Mutter endlich kam, um ihn zu umarmen. Er lag wach da, auf dem Rücken, in seinem zerwühlten Bett, er hatte das Licht nicht gelöscht, aber die Augen geschlossen. Er sah vor seinem inneren Auge abwechselnd sich und seine Mutter, wie sie jeder für sich vom Vater Abschied nahmen, und dann sah er das Haus, in dem sie wohnten, von außen, im Dunkel der Nacht. Nur ihre beiden Schlafzimmerfenster waren erleuchtet, während die ganze Stadt schlief.

## 5

Marek wußte schon als Kind, wie schön seine Mutter war. Er liebte ihre schwarzen Haare, die weißen Wangen, den ernsten Mund. Später, in den Jahren der Pubertät, als ihm sein Vater so fehlte wie nie vorher und nie danach, begann er sich mit der Geschichte des tschechischen

Films zu beschäftigen. Und da fiel ihm eines sofort auf: wie sehr die Mutter – auch wegen ihrer altmodischen Art, sich zu schminken und zu frisieren – den Frauen glich, die in den Sechzigern bei Schorm, Kadár, Forman und seinem Vater die Hauptrollen gespielt hatten. Seitdem hatte er sich oft gefragt, warum sie nicht Schauspielerin geworden war, sie hatte, wenn man so wollte, doch die besten Beziehungen gehabt. Und obwohl er wußte, wie falsch und unlogisch die Frage war, bekam er eine Antwort.

Das war noch ein paar Jahre später, er bereitete sich gerade auf seine Aufnahmeprüfung zur Filmhochschule vor. Eine der Aufgaben bestand darin, der Prüfungskommission seine fünf Lieblingsfilme zu nennen und etwas über sie zu sagen. Marek zerbrach sich tagelang den Kopf, er machte eine immer länger werdende Liste, die er zum Schluß wieder verwarf, weil er Angst hatte, sich mit einem falschen Film zu blamieren. Am liebsten hätte er nur über die Arbeiten seines Vaters gesprochen, aber weil das nicht ging, überlegte er – um nicht zum Verräter zu werden –, gar nichts zu sagen.

Das war natürlich sehr pathetisch gedacht, vielleicht zu pathetisch. Als er nicht mehr weiterwußte, fragte er seine Mutter um Rat. Aber was konnte sie ihm schon sagen? Sie hatte nicht einmal gewußt, daß er an die Filmhochschule wollte, und als sie es erfuhr, war sie damit absolut nicht einverstanden. Statt ihm einen ihrer Lieblingsfilme zu verraten oder ihn zu ermutigen, er solle unbedingt zu seinem berühmten Vater halten, erklärte sie kalt und ruhig, ein Fremder in der Familie hätte ihr genügt.

An diesem Tag erfuhr Marek, wie sehr seine Mutter den Beruf seines Vaters haßte. Sie hatte es gehaßt, daß er so selten zu Hause war und vom Set, aus dem Schneideraum, von den großen Festivalreisen immer gleich in den Filmklub verschwand, zu seinen Kollegen, Freunden und Mädchen. Sie verachtete ihn, weil er darauf bestand, als Vater und Mann unreif bleiben zu dürfen, um als Künstler zu reifen, es verletzte sie, daß er sich mit ihr nicht über ihre Arbeit im Archiv der Nationalgalerie unterhielt. Es kam ihr auch lächerlich vor, daß er nie ohne Motivsucher das Haus verließ oder bei Unterhaltungen oft Daumen und Zeigefinger zum Rechteck zusammenlegte, um seine Gesprächspartner wie auf der Leinwand betrachten zu können. Sie fand es verantwortungslos gegenüber seiner Familie, daß er vor lauter Selbstüberschätzung in den schlimmen Tagen des Prager Frühlings Politik machten mußte. Und sie hatte körperlich darunter gelitten, daß er fast alle seine Filme im Krieg spielen ließ, unter traurigen, sterbenden Juden. Denn im Gegensatz zu ihm, der damals in England war, hatte sie diesen Alptraum selbst erlebt – und deshalb hielt sie es nicht aus, daß die Leute, die das Ende der Juden kalt mit angesehen hatten, im Kino darüber weinten. Daß er sie trotzdem bedrängte, einmal für ihn zu spielen, weil sie so schön und jüdisch und traurig aussah, wie er sagte, hatte sie ihm nicht verziehen.

Am meisten hatte Mareks Mutter aber gestört, daß der Vater bei all seiner Intelligenz und Vorstellungskraft nicht fähig war, das Leben als Leben anzuschauen. Es hatte für ihn keine Bedeutung, solange es nicht von ihm selbst abgefilmt, geschnitten und mit Musik unterlegt wurde. Darum hatte sie nie das Gefühl, die Frau an seiner Seite zu sein, es kam ihr so vor, als sei sie nur die Schauspielerin in einem seiner Filme. Wie sehr sie mit dieser Ahnung recht hatte, habe er ihr mit seinem schrecklichen letzten Film bewiesen, der zum Glück für immer verschwunden sei.

Vaters letzter, verschollener Film? Marek hatte noch nie etwas von seiner Existenz gehört oder gelesen. Er wollte sofort alles darüber wissen, aber er erfuhr nichts, kein Wort brachte er aus seiner Mutter heraus. Sie habe ihm, sagte sie, sowieso schon mehr erzählt, als nötig war, er solle sie mit dem Thema in Ruhe lassen.

Marek wußte, daß es keinen Sinn hatte, sie weiter auszufragen – wenn sie nicht wollte, dann wollte sie nicht. Trotzdem machte er in den nächsten Monaten mehrere Versuche, sie zum Reden zu bringen. Er probierte es mal freundlich, dann wieder schrie er sie an, sie habe kein Recht, ihm auch noch auf diese Art den Vater wegzunehmen. Einmal brach er in Tränen aus, er weinte kurz und nicht besonders heftig. Nachdem er die Tränen weggewischt hatte, beschloß er, das alles nicht mehr so wichtig zu nehmen. Seit man ihn an der Filmhochschule angenommen hatte, das wußte er, mußte er seine Mutter mit diesen Dingen verschonen.

## 6

Marek vergaß Vaters letzten Film. Er vergaß ihn, so wie ihm auch sonst die Erinnerung an die Zeit, in der er in einem anderen Land zu Hause war, zu entgleiten begann. Mit der Kindheit hatte er den Vater begraben, und mit dem Vater die Kindheit. Ihn interessierte nur noch die Gegenwart, und als im Winter 1989 die Männer entmachtet wurden, die seinen Vater vernichtet hatten, war ihm das egal. Die Nachrichten vom Umsturz in der Tschechoslowakei berührten ihn nicht mehr und nicht weniger als die von den Revolutionen in anderen osteuropäischen Ländern. Er las in den Zeitungen davon und verfolgte wie jeder die Berichterstattung im Fernsehen.

Zu der Zeit hatte er sich bereits Tag und Nacht mit dem Drehbuch für seinen Abschlußfilm herumgeschlagen. Er war müde und überarbeitet, und auf die Idee, daß er endlich wieder nach Hause fahren konnte, wäre er überhaupt nicht gekommen. Daß er jetzt, ein halbes Jahr später, durch Prag rannte, auf der Suche nach Vaters letztem Film, erschien ihm deshalb wie ein Spiel ohne Sinn, wie eine Detektivgeschichte ohne Auflösung.

## 7

Marek erkannte die Stadt, in der er die ersten zehn Jahre seines Lebens verbracht hatte, nicht wieder. Das hatte er zwar nicht anders erwartet, aber er war trotzdem enttäuscht, wie fremd ihm die steinernen Plätze und Passagen Prags waren. Manchmal verharrte er minutenlang vor einem Haus, von dem er wußte, daß es ihm als Kind vertraut gewesen war. Er starrte die Fassade an, die Fenster, er warf einen langen, genauen Blick auf die Eingangstür, aber er spürte keine Regung. Er stand vor seiner alten Schule in der Nähe des Platzes des Friedens, er stand vor dem Mietshaus am Riegerpark, in dem sie gewohnt hatten, er stand vor dem Rundfunkgebäude in der Vinohradská-Allee, wo er eine Zeitlang fast jeden Tag nach der Schule hingelaufen war, um für Kindersendungen Texte zu sprechen.

Besonders lange stand Marek vor der Generaldirektion des Tschechoslowakischen Films in der Jindřišská-Straße, keine hundert Meter vom Wenzelsplatz entfernt. Zu diesem Gebäude hatte er seinen Vater in den Ferien ab und zu morgens begleitet, er war aber mit ihm nie, soweit er sich erinnern konnte, hineingegangen. Eigentlich konnte er sich, wenn er ehrlich war, an ihre morgendlichen Spaziergänge überhaupt nicht erinnern. Er wußte nur deshalb von ihnen, weil Vater sie in seinen Briefen manchmal erwähnt hatte.

Marek betrachtete das große Dreißiger-Jahre-Haus, dessen Schönheit durch den schlechten Zustand, in dem es sich befand, noch betont wurde, ähnlich wie der nicht ganz entblößte Körper einer Frau. Er betrachtete es neugierig, aber distanziert, und er fragte sich, ob sein Vater das Haus einmal auch so angesehen hatte wie er jetzt. Aber nein, dachte er, natürlich nicht. Sein Vater kam in die Jindřišská, um hier mit den Dramaturgen seiner Produktionsgruppe an Drehbüchern zu arbeiten, um mit

Herstellungsleitern Drehpläne und Geldfragen zu besprechen oder um von den Zensoren der Staatssicherheit einen fertigen Film abnehmen zu lassen. Für Architektur hatte er sich in solchen Momenten bestimmt wenig interessiert. Er war konzentriert und entschlossen, er dachte nur an seine Arbeit, an das Gelingen eines alten Plans und an das Durchsetzen eines neuen.

Marek schüttelte den Kopf und drehte sich um. Nie würde er so besessen sein wie sein Vater, überlegte er wütend, und wütend ging er davon. Doch als er merkte, wie sich sein Zorn plötzlich gegen den Vater zu richten begann und sich gleichzeitig die leise, vorwurfsvolle Stimme seiner Mutter meldete, dachte er an Vaters herrliche Briefe. Er dachte an seine Liebeserklärungen, an seine Erzählungen von Südböhmen und England – und an die Geschichten, mit denen die Briefe immer geendet hatten. Und weil er gerade in Prag war, blickte sich Marek lächelnd um, um zu sehen, ob nicht zufällig ein Mann mit einem dicken, gemütlichen Kater unterm Arm hinter ihm ging.

## 8

Marek hatte wirklich alles versucht, um Vaters verschollenen Film wiederzufinden. Doch *Das Mädchen in Schwarz* – für diesen Titel hatte sich Marek am Ende entschieden – war unauffindbar. Die Menschen, mit denen er sprach, bemühten sich, ihm ehrlich Auskunft zu geben, niemand wollte ihm etwas verheimlichen oder ihn auf eine falsche Spur locken, da war er sich ganz sicher. Offenbar gab es kein dunkles, aufregendes Geheimnis, das mit dem Verschwinden des Films zu tun hatte, er war einfach verlorengegangen.

Marek saß in verrauchten Zeitungsredaktionen, in abgedunkelten Altmännerwohnungen, in lauten Bierlokalen. Er redete mit Kritikern, Kameraleuten und Schauspielern, mit Menschen, von denen die meisten seine Großeltern hätten sein können. Wenn sie ihm alles, was sie wußten, gesagt hatten, fingen sie davon an, wie schwer und deprimierend die vergangenen zwanzig Jahre für sie gewesen seien, egal, ob sie arbeiten durften oder nicht, egal, ob sie sich heute dafür haßten oder ein reines Gewissen hatten. Wenn er gehen wollte, sahen sie ihn erschreckt an und sagten, daß er seinem Vater wie aus dem Gesicht geschnitten sei, er habe die gleichen schwarzen Augen und knochigen Wangen und auch die gleiche schlaksige Figur, er sei nur etwas größer und schmaler als Alfred Radek.

Zwei ganze Wochen lief Marek von einem Termin zum andern. Er blätterte in alten Zeitungen, studierte Sitzungsprotokolle, prüfte Besetzungslisten und versuchte, in der FAMU-Bibliothek das Drehbuch zu *Das Mädchen in Schwarz* aufzutreiben oder zumindest ein Treatment oder ein Exposé. Er verbrachte einen Tag im Barrandov-Archiv, wo er sich ohne Erfolg durch eine endlose Reihe von Regalen kämpfte, die mit lauter falsch oder unvollständig beschrifteten Filmrollen vollgestellt waren.

Zum Schluß war Marek genauso klug wie am Anfang. Er hatte, kurz vor der Abreise, noch immer keine Ahnung, wer im *Mädchen in Schwarz* gespielt oder im letzten Team seines Vaters gearbeitet hatte. Aber das war gar nicht so wichtig. Eigentlich mußte er bloß herausfinden, worum es in dem Film ging. Die Zeit lief ihm davon, und weil er sich, seit ihm die Idee mit Prag gekommen war, auf die Erfindungsgabe seines toten Vaters verlassen hatte, ließ er die zwei, drei kümmerlichen Einfälle liegen, mit denen er sich seit einem halben Jahr herumquälte. Jetzt stand er vor dem Nichts.

## 9

War wirklich schon alles verloren? Mit dem wenigen, was Marek über Vaters letzten Film erfahren hatte, konnte er nichts anfangen. Geschichten, deren Helden im Krieg Feinde waren und sich im Frieden wieder über den Weg liefen, um ein zweites Mal gegeneinander zu kämpfen, gab es viele – die Information, die er brauchte, mußte schon etwas genauer sein. Eine Frau und ein Mann, Rache und Verrat, Holocaust und Gegenwart, das war der ständig wiederkehrende Refrain, den Marek während seiner Suche zu hören bekam, an mehr erinnerte sich keiner.

Aber Marek ging es nicht nur um die Handlung, die er sich für seinen Abschlußfilm vom Vater borgen wollte. Es ging ihm um die simplen und unvergeßlichen Bilder, die jeden Alfred-Radek-Film besonders machten, um diese zwei, drei Szenen, in denen ohne großen Aufwand und Pomp aus dem Haß zweier Menschen plötzlich Liebe wurde und genauso schnell wieder Haß; in denen sich Verrat in Mitleid verwandelte und das Mitleid in Feigheit; in denen die Juden starben und die Deutschen fluchten, töteten und weinten; in denen man, vor der großen, herrlichen, strahlenden Kinoleinwand sitzend, alles darüber erfuhr, warum das Leben so sinnlos war und trotzdem keiner freiwillig davon lassen würde.

Wie gern hätte sich Marek die Ideen seines Vaters genommen – und wie sehr fürchtete er sich davor! Als er begriff, daß er mit leeren Händen nach München zurückkehren würde, dachte er deshalb immer öfter, daß ihm eigentlich nichts Besseres passieren konnte. Seine Mutter hatte ihn davor gewarnt, nach Prag zu fahren, sie hatte gesagt, man dürfe Orte, die man für immer verlassen habe, nicht wieder aufsuchen. Als er erwiderte, sie könne ihm die Reise ersparen, wenn sie ihm endlich alles über Vaters letzten Film erzählte, sagte sie nichts mehr, aber besonders ängstlich oder beunruhigt schien sie auch nicht zu sein.

Zum ersten Mal, seit er in Prag war, merkte Marek, daß ihm seine Mutter fehlte. Er sehnte sich plötzlich nach ihr, und das war ein Gefühl, das er lange nicht mehr gehabt hatte. Er kannte es von ganz früher, wenn er als Kind auf Klassenreise oder ins Zeltlager fuhr und das wochenlange Gefühl von Einsamkeit erst von ihm abfiel, wenn ihn seine schöne, blasse Mutter am Bahnhof aus dem Zug hob und in die Arme nahm. Er würde in München als erstes zu ihr fahren, er würde sie umarmen und auf die Stirn küssen, und er würde ihr sagen, sie habe sich getäuscht, er sei wirklich froh, in Prag gewesen zu sein.

## 10

Den Morgen seines dreißigsten Geburtstags verbrachte Marek allein auf der Terrasse des Café Mánes. Es war einer der letzten Tage des Sommers, das spürte er genau. Die Luft war noch warm, die Sonne schien aber nicht mehr so kräftig wie in den letzten Wochen. Ab und zu kam ein kalter Wind auf, der die graue Wasseroberfläche der Moldau aufwühlte und ein paar dunkelrote Blätter durch die Luft wirbelte. Über dem Petřín-Hügel mit seinem stählernen schwarzen Aussichtsturm war der Himmel viel dunkler als auf dieser Seite des Flusses – es konnte eine Smogwolke sein, vielleicht regnete es dort auch schon.

Das wäre, überlegte Marek, ein wirklich gutes Schlußbild: Der Held, allein in einer Stadt, in der er von seiner Vergangenheit eingeholt wird und von einer Gefahr in die andere schlittert, wird in einer der letzten Einstellungen von einem plötzlichen Regenschauer überrascht. Er flüchtet in ein Lokal, bestellt einen Kaffee, den er sofort bezahlt, und ohne den Kaffee zu trinken, steht er gleich wieder auf. Er geht hinaus, in den Regen, er spaziert durch die glänzenden, nassen Straßen der Stadt, das Gewitter wird immer heftiger, aber das macht ihm nichts aus, und er läuft weiter, durch enge Altstadtgassen und über große Boulevards. Langsam läßt er die schönen alten Innenstadtbezirke hinter sich, die Häuser werden einfacher, moderner, häßlicher, die Straßen sind jetzt breit und kaum bebaut. Er kommt an Fabriken, verlassenen Parkplätzen und Kasernen vorbei, ihm ist kalt, das

Wasser tropft an seinem Mantel herunter. Aber er bleibt nicht stehen, und so marschiert er zu Fuß aus der Stadt, in der er das Abenteuer seines Lebens durchgestanden hat, und die Musik im Off ist laut und dramatisch.

Der Regen kam natürlich nicht. Marek beendete in Ruhe sein Frühstück, er blätterte eine Weile lustlos in dem Stoß tschechischer Zeitungen, den er sich wie jeden Morgen gewissenhaft gekauft hatte, dann erhob er sich und bezahlte. Sollte er ins Hotel zurückgehen und nachsehen, ob seine Mutter schon angerufen hatte, um ihm zum Geburtstag zu gratulieren? Er stand an der Národní-Allee, neben dem Café Slávia, an der Legienbrücke, aber auf einmal fühlte er sich, nach all dem Gerenne der letzten Tage, sehr müde. Zum Interconti war es zu weit, darum beschloß er, die Brücke zu überqueren und sich auf der anderen Seite des Flusses, auf der Halbinsel Kampa, in den Park zu legen und auszuruhen.

Ein paar Minuten später lag Marek im sonnengebleichten, staubigen Prager Gras. Er hatte seine Lederjacke unter den Kopf geschoben, er hatte die Augen geschlossen und hörte Stimmen von Kindern. Neben ihm saßen ein paar Jugendliche, die leise einen Kassettenrekorder laufen ließen, in der Nähe brach sich an einem Wehr das Wasser der Moldau, und von drüben, von der Kleinseite, drangen die Motorengeräusche vorbeifahrender Autos herüber und das Geklingel der Straßenbahnen.

Marek schlief nicht – er dachte nach. Eine letzte Möglichkeit gab es vielleicht noch. *Das Mädchen in Schwarz* hatte er inzwischen abgeschrieben, das war klar, und an die anderen Filme seines Vaters traute er sich nicht heran, weil die viel zu bekannt waren. Würde er sich aber offen an einem Remake von *Im Krieg weint man nicht* oder *Bevor wir gehen, wird der Tag kommen* versuchen, wäre seine Niederlage von Anfang an besiegelt. Der große Alfred Radek in den Fängen seines kleinen Sohnes, würde dann jeder sagen, allen voran sein Professor. Nein, das alles konnte er vergessen, das hatte gar keinen Sinn. Darum sollte er sich jetzt lieber auf die Geschichten seines Vaters konzentrieren, die außer ihm niemand kannte. Aber ja, natürlich, er hätte schon viel früher an sie denken sollen, an die Erzählungen und Parabeln aus Vaters Briefen! Dort hatte er, der Verstoßene, genug Stoffe versteckt, um ein ganzes Dutzend Filme zu machen, und Marek mußte sich bloß einen aussuchen.

Marek öffnete kurz die Augen, er lächelte, und lächelnd schloß er die Augen wieder. Er dachte an die Geschichte von dem Architekten, der für den Herrscher seines Landes einen neuen Palast baut und am Tag der Einweihung ins Gefängnis geworfen wird, weil er alle versteckten Räume und Fluchtgänge des Gebäudes kennt – daß er entkommt, hat er nur den von ihm selbst errichteten Geheimgängen zu verdanken. Er dachte an den Zigeunerjungen, der in einem Waisenhaus aufwächst, aber nicht glaubt, daß seine Eltern tot sind, weshalb er sie als Erwachsener sucht und auch findet, und als sie kurz darauf sterben, ist sein Kummer ein wunderschönes Gefühl im Vergleich zu der Trauer, die ihn ein halbes Leben begleitet hat. Er dachte an das Mädchen, das nicht weinen kann und sich absichtlich in besonders böse, dumme Männer verliebt, er dachte an den Kommissar, der auf der Jagd nach einem Mörder herausfindet, daß er selbst dieser Mörder ist, er dachte an den Mann, der unbedingt seinen Kater loswerden will – und dann dachte er kurz an nichts und niemanden.

Im nächsten Moment schlug Marek die Augen wieder auf, aber er lächelte nicht mehr, und sein Gesicht wirkte noch schmaler als sonst. Wieso war ihm das nie vorher aufgefallen? fragte er sich, während er aufsprang und nach seiner Jacke schnappte. Warum begriff er erst jetzt, daß er als Kind das einzige Publikum war, das sein Vater zum Schluß noch hatte, dachte er, während er durch den Park lief, die Stufen zur Legienbrücke hochjagte, am Ufer entlanghetzte, in die Národní-Allee einbog und über den Můstek rannte. Weshalb hatte er nie gemerkt, daß Vaters Geschichten ganz anders waren als seine Filme – die letzten, traurigen Phantasien eines Mannes, der sich für immer der Realität verschloß?

## 11

Marek stand vor dem hohen, eleganten Haus in der Jindřišská, und endlich kam die Erinnerung zurück. Genau hier, an diesem krummgebogenen, zerkratzten Straßengeländer, hatten sie sich nach ihrem letzten Spaziergang verabschiedet, zwei Tage, bevor er mit seiner Mutter den Zug nach München nehmen mußte. Marek sah auf einmal alles ganz deutlich, er sah seinen Vater, sich selbst, das Haus, in dem Vater an dem Tag etwas sehr Wichtiges zu erledigen hatte, und er sah diese Szene natürlich in Schwarzweiß.

Sie hatten sich seit Monaten nicht mehr gesehen, weil Mutter es nicht wollte, aber Marek war am Morgen nicht in die Schule gegangen, er rannte heimlich hierher, in der Hoffnung, seinen Vater noch einmal zu treffen. An der Ecke zum Wenzelsplatz stießen sie fast zusammen, und nachdem sie für eine halbe Stunde in den Bahnhofspark gegangen waren, begleitete er Vater zurück in die Jindřišská, und sie verabschiedeten sich schnell.

Vater stand schon in der Eingangstür, während Marek, gegen das Geländer gelehnt, ihm zuwinkte. Aber plötzlich kehrte er um, er beugte sich herunter, hob seinen Sohn hoch und setzte ihn auf das Geländer. Dann sagte er zu Marek, er wolle ihm etwas erzählen, was er gleich wieder vergessen solle, denn er werde es sowieso erst als Erwachsener begreifen. Worauf Marek wie ein Erwachsener nickte, und die Geschichte, die er zu hören bekam, klang wie eine von den Geschichten aus Vaters späteren Briefen.

## 12

Vater erzählte Marek von einem Mädchen, das sich während des Kriegs ohne ihre Eltern durchschlagen muß. Sie zieht allein von Stadt zu Stadt, und immer findet sich jemand, der ihr hilft. Aber am Ende wird sie von einem Mann an die Soldaten verraten, man entdeckt sie und bringt sie an einen schrecklichen Ort. Dort überlebt sie nur, weil sie einen starken Willen hat, arbeiten kann und sich vorstellt, daß sie alles, was ihr zustößt, bloß träumt. Nach dem Krieg will sie ihren Alptraum vergessen, doch das fällt ihr sehr schwer, weil der Junge, der ihr Mann geworden ist, diesen Alptraum, den viele andere genauso geträumt hatten, an allen großen Plätzen des Landes einem großen Publikum in immer neuen Bildern vorführt. Auch er ist ein Träumer – aber aus Liebe zu den Bildern, die sich die Menschen von allem, was es gab, gibt und geben wird, machen wollen.

Die Jahre vergehen. Das Mädchen und der Junge haben inzwischen einen Sohn bekommen, das Mädchen träumt nicht mehr so oft von früher, und alles scheint gut zu sein – bis zu dem Tag, an dem sie den Mann, der sie im Krieg an die Soldaten verraten hatte, wiedertrifft. Er weiß nicht, wer sie ist, er verliebt sich in sie und macht ihr den Hof. Obwohl sie ihn haßt, ist sie zu ihm so nett wie zu ihrem Jungen, und als der Junge sie mit ihm entdeckt, erzählt sie ihm die ganze Wahrheit. Ein paar Tage später ist der Mann, der sie im Krieg verraten hat, tot. Er fällt während einer nächtlichen Feier, bei der auch das Mädchen eingeladen war, in den Fluß.

Aber damit ist die Geschichte nicht zu Ende: Obwohl sie ihn anfleht, es nicht zu tun, beschließt der Junge, endlich den Menschen den Alptraum seines Mädchens vorzuführen. Weil er sich davon nicht abbringen läßt, verläßt sie ihn und nimmt den Sohn mit. Erst als es zu spät ist, begreift er sein Vergehen und macht sich daran, den Alptraum seines Mädchens wieder zu vernichten, weil das in der Zeit, in der er lebt, sehr leicht geht. Von den

Bildern des Mädchens soll auf der Welt nichts übrigbleiben, aber auch nichts von ihm selbst.

## 13

Marek umklammerte mit beiden Händen das Geländer. Woran er jetzt, zwanzig Jahre später, dachte? Er wußte es selbst nicht. Doch, natürlich wußte er es. Er dachte an den Kuß, den er seinem Vater zum Abschied auf die warme, frisch rasierte Wange gegeben hatte. Er dachte immer nur an diesen einen langen, schüchternen Kinderkuß, und dann stellte er sich vor, wie sich sein Vater, nachdem er das Haus des Tschechoslowakischen Films betreten hatte, am Pförtnerhaus eine Zigarette anzündete, wie er entschlossen in den Paternoster stieg und direkt in die Politische Abteilung fuhr, um dort mit all seiner Intelligenz und Vorstellungskraft dafür zu kämpfen, daß von dem *Mädchen in Schwarz* und seiner Karriere nichts mehr übrigblieb.

Das genau stellte sich Marek vor, er versuchte mit aller Kraft, seinen Vater dabei zu sehen, wie er mit dem Zensor stritt, wie er auf die Russen schimpfte und seine eigene Arbeit als konterrevolutionär bezeichnete, und vielleicht schlich er nur heimlich ins Archiv und vernichtete dort seinen Film. Das wäre auch eine sehr eindrucksvolle Szene gewesen, dachte Marek, eine Szene, in der sich ohne großen Aufwand und Pomp Verrat in Selbsthaß verwandelt hätte und der Selbsthaß in eine Heldentat.

Marek löste die Hände vom Geländer, er rutschte herunter und bog seinen langen Rücken durch. Die Minuten vergingen, und er bewegte sich nicht von der Stelle. Erst als ein heftiges, wütendes Gewitter über Prag niederging, zog er den Reißverschluß seiner Jacke zu und ging los.

# Inhalt

1. Auflage 2004


Umschlaggestaltung: Walter Schönauer, Berlin
Umschlagfoto: © Raissa Perlstein
Gesetzt aus der Stempel Garamond
Satz: Greiner & Reichel, Köln
Druck und Bindearbeiten: Pustet GmbH, Regensburg
ISBN 3-462-03361-1